D1629097

Veronica Hazelhoff, *1947, ist eine bekannte holländische Kinderbuchautorin. Über sich selbst sagt sie: »Ich wollte immer schreiben. Aber weil ich gut im Umwegmachen bin, habe ich erst die Kunstakademie besucht, danach habe ich geheiratet, eine Tochter bekommen . . . und alles mögliche gemacht. Bis der Moment kam, in dem ich mir sagte: Du wolltest doch schreiben! Dann mach das mal. – Und jetzt schreibe ich.« Nach »Mensch Mama!« (Band 522), »So ein Luder!« (Band 536) und »Au verdammt!« (Band 543) liegt hiermit das vierte Buch der Autorin bei rotfuchs vor.

Veronica Hazelhoff

FENNA

oder
Die Angst vor
der Wahrheit

Deutsch von
Mirjam Pressler

Rowohlt

rororo rotfuchs
Herausgegeben von Renate Boldt und Gisela Krahl

Veröffentlicht im Rowohlt Taschenbuch Verlag GmbH,
Reinbek bei Hamburg, Dezember 1990

Die Originalausgabe erschien unter dem Titel »Fenna« im
Verlag Sjaloom, Utrecht 1986
Umschlagillustration Michel Keller
rotfuchs-comic Jan P. Schniebel

Gesamtherstellung Clausen & Bosse, Leck
Printed in Germany
780-ISBN 3 499 20516 5

JETZT

1

»Hm«, seufzt Fenna zufrieden und hält ihr Gesicht in die Sonne. »Ich liebe diesen Monat.«

»Den September?« fragt ihre Mutter. »Den September lieben? Es wird Winter, und alles stirbt.«

»Ich sehe nichts Gestorbenes«, sagt Fenna. »Ja, die Wespe da, aber die hast du höchstpersönlich totgeschlagen. Sei doch froh, daß wir noch im Garten sitzen können.«

»Ich fühle es«, seufzt ihre Mutter. »Es liegt in der Luft. Wie war's in der Schule?«

»Genau wie im letzten Schuljahr. Schön.«

Ihre Mutter seufzt noch einmal. »Du bist und bleibst optimistisch.«

»Was ist eigentlich in letzter Zeit mit dir los?« fragt Fenna.

»Nichts.«

»Ach.«

Wieder ein Seufzer.

»Du bist schon die ganze Zeit so«, sagt Fenna. »Warum rufst du nicht mal so einen Telefonhilfsdienst an?«

Ihre Mutter setzt sich so schnell auf, daß ihr Liegestuhl knarzt. »Einen was?«

»Telefonhilfsdienst. Wo man anrufen kann, wenn man in Not ist. Haben wir in Sozialkunde gelernt. Vielleicht gibt's sogar eine extra Nummer für Schönheitsspezialistinnen mit Schwierigkeiten.«

»Ich habe keine Schwierigkeiten«, schnauzt ihre Mutter. »Laß mich in Ruhe, ich habe gleich eine Kundin.«

Fenna geht in ihr Zimmer. Sie stellt sich vor das Poster von Marilyn Monroe. »Hat sich deine Mutter auch so komisch aufgeführt?« fragt sie. »Sie ist nicht immer so. Man kann auch mit ihr lachen. Aber in letzter Zeit ist sie so düster, und dann habe ich immer das Gefühl, sie wäre die Jüngere und ich die Ältere. Verstehst du? Na ja, deine Mutter war vermutlich noch viel schlimmer. Diesen kleinen Fleck da, den du im Gesicht hast, hätte meine Mutter ruckzuck entfernt, sowas kann sie prima.«

Leider gibt Marilyn keine Antwort. Posters halten den Mund. Fenna schaut sie an. »Du bist auch tot. Tot? Jetzt rede ich schon wie Mama.«

Unten klingelt es. Fenna wartet, aber als zum dritten Mal geläutet wird, rennt sie die Treppe hinunter und macht die Tür auf. Es ist Frau van Dalen, die einen Termin hat. Fenna führt sie in den Keller, wo sich jetzt der kleine Schönheitssalon befindet. Früher war es hier kühl und kahl, doch davon merkt man nichts mehr. Auf dem Boden liegt ein schöner, blauer Teppich, und die Wände sind hellblau gefliest. An den Wänden hängen Regale mit allen möglichen Cremetöpfchen und Tuben. Und ein Wägelchen steht da, mit anderen Sachen, die ihre Mutter braucht, um Leute zu verschönern oder um sie von ihren Pickeln zu befreien.

»Nehmen Sie bitte Platz.« Fenna deutet auf den großen Behandlungsstuhl, der mitten im Zimmer steht. »Wo bleibt denn nur meine Mutter? Ich werde sie gleich holen.«

Frau van Dalen läßt sich auf den Stuhl sinken. »Eigentlich sieht dieses Ding verdächtig nach Zahnarzt aus. Ein Glück, daß mich hier was Angenehmeres erwartet.«

»Weshalb kommen Sie?« fragt Fenna aus Versehen. Das darf sie nicht fragen. Unten ist unten, sagt ihre Mutter immer. Die Leute wissen, daß ich nie über sie rede, es geht niemanden etwas an, wer wegen was kommt.

»Sorry«, sagt Fenna. »Es geht mich nichts an. Soll ich Ihnen einen Kaffee machen?«

»Gern, lieb von dir. Willst du dasselbe werden wie deine Mutter?«

Fenna schüttelt den Kopf. »Nein, ich werde Psychologin.«

Frau van Dalen schaut sie erstaunt an, aber bevor sie weiterfragen kann, geht Fenna nach oben.

Ihre Mutter sitzt noch auf derselben Stelle und starrt vor sich hin.

»Gehst du jetzt runter?« sagt Fenna. »Ich koche Kaffee.«

Ihre Mutter steht schnell auf. Fenna schaut ihr kopfschüttelnd nach. Wen könnte sie um Rat fragen? Ihren Vater? Aber der wohnt in Spanien. Außerdem läßt er sich nicht gern stören, es sei denn, man ruft an, um einen neuentdeckten Planeten zu melden.

Während der Kaffee durchläuft, denkt Fenna an die Freundinnen ihrer Mutter. Aber das bringt auch nichts. Fenna schenkt den Kaffee ein und trägt die Tassen hinunter. Ihre Mutter macht die Tür auf und nimmt das Tablett, ohne ihr wie sonst zuzuzwinkern. Nein, so geht's nicht weiter.

Fenna denkt nach. Sie hat ihre Mutter mit diesem telefonischen Hilfsdienst nur auf den Arm nehmen wollen, aber vielleicht sind diese Leute ja doch für irgendwas gut. Sie nimmt das Telefonbuch. Für ein Gespräch von Mensch zu Mensch steht hinter einer Nummer. Leicht nervös nimmt Fenna den Hörer ab.

»Hier ist der telefonische Hilfsdienst.« Die Stimme gehört einem Mann und klingt nett.

»Eh«, sagt Fenna. »Ich eh . . . wollte, ich eh . . . rufe nicht meinetwegen an, sondern wegen . . .« Sie schweigt. Warum sagt er nichts? Auf beiden Seiten ist es still.

»Meine Mutter. Ich rufe eigentlich wegen meiner Mutter an.«

Wieder Stille.

Fenna seufzt.

»Fällt es dir schwer zu sprechen?« fragt der Mann.

»Ich weiß nicht«, antwortet Fenna. »Vielleicht sollte ich den Kindernotdienst anrufen, aber mit mir ist alles in Ordnung, deshalb habe ich gedacht . . .«

Nach einer ganzen Weile fragt der Mann. »Was hast du gedacht?«

»Ich? Ich habe meine Mutter ein bißchen geärgert, mit einer Nummer für Schönheitsspezialistinnen in Not, und sie . . . Wissen Sie, meine Mutter hat gerade eine Kundin, deshalb kann ich schnell anrufen. Soll ich wieder aufhängen?«

»Aber nein«, sagt der Mann. »Ist deine Mutter Schönheitsspezialistin? Und hat sie vielleicht aus Versehen jemanden häßlich gemacht?«

Fenna muß lachen und fühlt sich gleich wohler.

Der Mann fragt, ob sie Lust hat, etwas über sich selbst zu erzählen. »Du mußt nicht, aber vielleicht möchtest du es ganz gern, und alles, was du sagst, bleibt geheim.«

»So schlimm ist es nun auch wieder nicht«, sagt Fenna. »Also meine Mutter hat ihre Praxis im Haus, und mein Vater wohnt in Spanien. Dort beobachtet er Sterne und Planeten. Er ist Astronom. Mein Vater und meine Mutter leben schon seit Jahren getrennt.«

Der Mann fragt vorsichtig, ob das vielleicht der Grund für Fennas Anruf ist.

»Nein«, sagt Fenna. »Sie sind noch ganz normale Freunde, und wir sehen uns auch in den Ferien. Wissen Sie, in der letzten Zeit ist meine Mutter so bedrückt. Sie redet immer über Winter und den Tod. Ich kann nicht mehr mit ihr lachen. Diese Woche hat sie plötzlich gesagt, sie fände ihren Beruf so nutzlos, und andere Menschen täten viel Sinnvolleres. Aber sie muß immer anderen Leuten zuhören, und ich habe mal gehört, daß alle Kundinnen so froh über sie sind. Deshalb . . . He! Genau wie Sie, ich meine, Sie hören auch zu.«

»Und ich mache die Leute noch nicht mal schöner«, sagt der Mann. »Deine Mutter scheint mir ganz und gar nicht nutzlos. Wie alt ist sie?«

»Achtunddreißig, fast neununddreißig.«

Der Mann lacht leise.

»Ist das zum Lachen?« fragt Fenna.

»Ich habe an mich selbst gedacht. Ich bin jetzt älter, aber bei mir hat es auch in diesem Alter angefangen. Ich hielt mich für völlig nutzlos, und daheim habe ich das auch dauernd gesagt.«

»Waren Sie auch so eh . . . so langweilig?« fragt Fenna.

Einen Moment ist es still. »Ja«, sagt er dann, »ich glaube schon.«

»Ist das vorbeigegangen, oder hat es Jahre gedauert«, will Fenna wissen.

»Es ist vorbeigegangen. Vielleicht mußt du deiner Mutter ein bißchen helfen. So wie du einer Freundin beistehen würdest. Besonders nett zu ihr sein.«

»Ich bin eigentlich meistens nett«, sagt Fenna. »Aber ich werde mein Bestes tun.«

Der Mann sagt noch, sie könne jederzeit wieder anrufen. Aber als Fenna fragt, ob sie dann wieder mit ihm sprechen würde, sagt er, am Telefon wären verschiedene Leute. Ein bißchen enttäuscht legt sie den Hörer auf.

Sie trödelt durch das Haus. Im Badezimmerspiegel betrachtet sie ihr Gesicht und ihre Haare, die sie heute zu einem Pferdeschwanz zusammengebunden hat.

»Hallo«, sagt sie. »Ich habe absolut nichts gegen mein Aussehen, wie meine Freundinnen. Bin ich etwa nicht normal?«

»Ja«, antwortet die Spiegel-Fenna. »Meiner Meinung nach bist du ziemlich verrückt.«

Frau van Dalen ist weg, und heute kommen keine anderen Kundinnen mehr. Fenna und ihre Mutter sitzen im Haus, weil es draußen zu kühl ist. Fenna tut so, als mache sie Hausaufgaben, aber sie denkt über das Telefongespräch nach. Wie packt man so etwas an? Schließlich ist eine Mutter eine Mutter, und nicht jemand aus der Klasse.

»Warum lernst du nicht in deinem Zimmer?« fragt ihre Mutter.

»Ach, ich dachte, du fändest es so gemütlicher. Dann bist du nicht so allein, Emmie.«

Das ›Emmie‹ klingt etwas seltsam in Fennas Ohren.

In den Ohren ihrer Mutter auch. »Emmie? So nennst du mich doch sonst nie. Bin ich nicht mehr deine Mutter?«

Fenna seufzt. »Es gibt doch viele, die ihre Mutter beim Vornamen nennen, oder? So ist es ein bißchen, als wärst du meine Freundin.« Sie sagt es so süß wie möglich. Himbeersirup ist nichts dagegen.

»Was ist denn mit dir los?« fragt Emmie.

Fenna kaut an ihrem Füller. »Also, ich hatte heute ein sehr interessantes Gespräch.«

Sie berichtet über den netten Mann und was er so ungefähr gesagt hat. Als sie fertig ist, sagt Emmie mit einem Blick voller Abscheu: »Du hast also mit einem wildfremden Mann über mich geredet. Einfach so am Telefon erzählst du alles!«

»Nicht alles«, sagt Fenna. »Es war wirklich ein sehr netter Mann, und er hat auch mal Schwierigkeiten mit sich selbst gehabt. Er hat dich gut verstanden. Bei ihm ist es vorbeigegangen. Du brauchst gar kein so böses Gesicht zu machen, ich wollte dir doch nur helfen.«

Emmie stöhnt. »Allmächtiger! Ich habe eine Sozialarbeiterin zur Tochter.«

Fenna sagt, sie habe es wirklich nicht böse gemeint.

Zum Glück lacht Emmie jetzt und gibt ihr einen Kuß. »Du bist lieb. Du bist der Fenna ähnlich, nach der ich dich genannt habe. Die war auch so lieb und freundlich.«

Fenna weiß, daß Emmie früher eine Freundin hatte, die Fenna hieß und jung starb. Eine seltsame Vorstellung.

»Woran ist sie eigentlich gestorben, und wie alt war sie damals?« Fenna hat das alles schon mal gehört, aber es ist schon lange her.

»Das weißt du doch. Fast fünfzehn war sie, und sie hatte seit ihrer Geburt einen Herzfehler.«

»Konnte sie nicht operiert werden?«

»Weiß ich nicht mehr«, antwortet Emmie geistesabwesend.

»Erzählst du mir noch was von damals?« fragt Fenna.

Emmie hatte schon öfter von dem Club erzählt, den sie früher im Dorf hatten. Sechs Freundinnen, die immer zusammen waren. Aber weil Emmie mit fünfzehn weggezogen war, hatte sie den Kontakt zu den anderen verloren.

»Ach«, sagt Emmie, »was soll ich dir da erzählen.«

»Hast du sie wirklich nie mehr gesehen?« fragt Fenna.

Emmie schüttelt den Kopf. »Ich bin nie wieder dort gewesen. Das Komische ist, daß ich in der letzten Zeit sehr oft an sie denken muß. Die Freundinnen, die ich später hatte, sehe ich noch, aber der Club von damals . . . Ich weiß nicht mal, was aus ihnen geworden ist. Ja, Hanna habe ich noch einmal getroffen, bei einer Demonstration. Das war noch vor deiner Geburt. Ihre Mutter sehe ich manchmal, sie wohnt hier in der Gegend. Wir nicken uns zu, aber das ist alles.«

»Wer waren noch mal die anderen, die dazugehört haben?« fragt Fenna weiter. »Hanna, du, Fenna, die gestorben ist, und weiter?«

»Susanne, Mirjam und Elsje«, sagt Emmie. »Wir waren fast gleichaltrig, gingen in dieselbe Schule und wohnten im selben Dorf.«

»Villenpark«, verbessert Fenna. »Oma sagt immer, daß der Ort Villenpark Eikstein hieß.«

»Trotzdem war es ein Dorf«, beharrt Emmie. »Villenpark klingt vornehmer, damit haben sie Leute aus der Stadt angelockt. Früher mußte man sich noch anstrengen, um ein Dorf voll zu bekommen.«

»Haben dort auch Bauern gewohnt?« fragt Fenna.

»Ja, es gab alles. Weiden, Wald. Große Häuser und kleine Katen.«

Einen Moment ist sie still.

»Es stinkt mir«, sagt sie auf einmal heftig, »daß man

sich so aus den Augen verliert. Wir waren immer zusammen, meistens waren wir bei Mirjam. Sie wohnte auf einem umgebauten Bauernhof. Ich glaube, ihre Eltern waren die ersten, die so etwas gemacht haben. Ihr Vater war Kunstmaler und hat uns auch mal gezeichnet. Die Bilder sind bestimmt verlorengegangen. Ich wüßte gern, was aus meinen Freundinnen geworden ist. Ob die auch manchmal denken: Jetzt bin ich vierzig, und wie geht's weiter?«

»Dann besuch sie doch«, sagt Fenna.

»Nach der langen Zeit?«

»Auf der Suche nach der Vergangenheit«, sagt Fenna feierlich. »Vielleicht hilft das gegen deine trübe Stimmung.«

»Und wie, denkst du, soll ich herausfinden, wo sie wohnen?« fragt Emmie. »Vielleicht sind sie im Ausland, oder sie sind gestorben.«

Nicht schon wieder! denkt Fenna. »Ruf doch Hannas Mutter an, dann hast du schon mal die erste.«

Zu Fennas Erstaunen tut Emmie das sogar. Es muß also sehr schlimm um sie stehen.

Das Telefongespräch mit Hannas Mutter ist kurz. Danach ruft Emmie bei Hanna an. Fenna versucht mitzuhören, aber Emmie verscheucht sie.

Fenna geht hinauf. Da tut man nun sein Bestes . . .

Eine Stunde später kommt Emmie zu Fenna ins Zimmer. Ihre Augen sehen fröhlicher aus, und sie sagt aufgeregt: »Nicht zu glauben! Hanna weiß, wo alle wohnen, wir gehen am Samstag zu ihr. Erst zu Hanna, und dann will ich Samstag drauf zu Susanne, und . . . stell Dir vor, Mirjam ist wieder in dem Dorf. Sie hat den Bauernhof geerbt, und Els . . . Die besuchen wir auch noch.«

»Hoppla!« sagt Fenna. Auf einmal geht es ihr zu schnell. »*Wer*«?

Emmie schaut sie zärtlich an. »Du und ich natürlich.«

»Ach, und du glaubst, daß mir das gefällt?«

»Ja, das gefällt dir bestimmt.«

Fenna denkt: Das habe ich mir selbst eingebrockt. »Gut«, sagt sie folgsam, »dann gefällt es mir. Sag mal, hast du noch Fotos von ihnen?«

Emmie macht sich sofort auf die Suche nach den alten Fotoalben. Viele Bilder aus dieser Zeit gibt es nicht, wohl aber von später.

»Verrückt«, sagt sie. »Ich hatte welche. Ich erinnere mich an ein Geburtstagsfoto . . . Oh, schau mal! Da bin ich siebzehn. Eine komische Frisur, was?« Emmie versinkt in Erinnerungen.

»Das Geburtstagsfoto«, hilft Fenna nach. Seite um Seite blättert sie weiter. Es gibt Fotos von Emmie und Fennas Vater beim Segelkurs. Emmie mit einem dicken Bauch. Fenna als Baby, aber keine Fotos von dem Dorf und den Freundinnen von damals.

»Ich glaube, du hast ein Album verloren.«

Emmie schlägt die Hand an die Stirn. »Das ist bestimmt bei deinem Vater. Blöd, daß mir das nicht eingefallen ist. Die alten Fotos haben ihm so gut gefallen, deshalb hat er sie mitgenommen.«

»Komisch«, sagt Fenna. »Sie haben doch dir gehört?«

»Wenn Leute weggehen, nehmen sie seltsame Dinge mit«, sagt Emmie. »Frag ihn doch das nächstemal, wenn du ihn anrufst.«

»Hm«, murmelt Fenna. Wenn die Fotos bei ihrem Vater waren, hat er sie, zerstreut wie er ist, bestimmt mal in den Papierkorb geworfen.

2

Emmie und Fenna wollen heute zu Hanna fahren. Emmie kann sich nicht genug darüber wundern, daß Hanna tatsächlich in derselben Stadt wohnt wie sie.

»Daß ich ihr nie begegnet bin... Obwohl..., sie wohnt am anderen Ende der Stadt, dort komme ich nie hin.«

»Hat sie Kinder?« fragt Fenna.

»Eine Tochter. Sollen wir mit dem Bus fahren oder mit dem Auto?«

»Mit dem Bus«, sagt Fenna. »Wie geht es dir jetzt?«

Emmie sagt sehr entschieden, sie habe keine Lust, darüber zu reden. »Ich hoffe, daß du keine Hilfe mehr für mich suchst, ich werde jetzt ganz gut allein fertig.«

Fenna fragt, ob sie dann zu Hause bleiben könne.

»Wenn du willst. Meinetwegen mußt du nicht mitfahren, ich brauche keinen Babysitter.«

Fenna ist da nicht so sicher, aber sie fährt ohnehin gern mit. Sie liebt Geschichten von früher. Im Bus denkt sie an ihre Freundin Jolanda. Würden sie einander jemals aus den Augen verlieren? Das kann sie sich nicht vorstellen. Schon in der ersten Klasse waren sie zusammen, und vermutlich würde es bis zum Abitur so bleiben. Fenna ist neugierig auf die alte Freundin ihrer Mutter. Ob die zwei sich noch leiden können?

Sie stehen mit einem Blumenstrauß auf der Schwelle eines Hauses auf der anderen Seite der Stadt. Andere Seite bedeutet auch wirklich andere Seite. Die Häuser hier sind klein, und die Straßen voller Leute. Es sieht bunter aus als in der eher langweiligen Gegend, in der Fenna und Emmie wohnen. Von überall her hört man fremdländische Musik.

Auf dem Bürgersteig sitzen Leute. Gärten gibt es hier nicht.

Ein Junge spielt mit einem Seil. Er hat eine Rastafrisur, und er zwinkert Fenna zu. Sie denkt bedrückt: Es ist dieselbe Stadt, aber wenn bei uns einer Seilhüpfen würde, würden die Nachbarn wahrscheinlich die Polizei rufen.

Emmie hat geklingelt. Die Tür geht auf, und ein Mädchen in Fennas Alter steht vor ihnen. Sie hat kurze, braune Locken und schöne, hellbraune Augen, und sie trägt die gleichen Turnschuhe wie Fenna. Sowas sieht man auf einen Blick.

Das Mädchen bemerkt es auch. »Meine Turnschuhe«, sagt sie zu Fenna. »Seid ihr der Besuch von meiner Mutter?«

Emmie nickt.

Das Mädchen führt sie ins Haus. »Sie ist weg, Torte holen. Ich bin Hesel.«

Sie geht ihnen voraus in ein unordentliches Zimmer. »Setzt euch, schiebt die Katzen einfach auf die Seite.«

»Hesel?« fragt Emmie und hebt einen roten Kater hoch. Fenna hätte sich fast auf eine graue Katze gesetzt.

Das Mädchen mit dem seltsamen Namen sagt: »Man schreibt ihn mit einem A und einem Z in der Mitte. Es ist ein englischer Name.« Sie reißt ihre Augen weit auf. »Es bedeutet Haselnuß, und meine Augen haben diese Farbe.«

Emmie lacht. »Deine Mutter hatte auch solche Augen.«

»Hat«, sagt eine Stimme hinter ihnen.

Sie drehen sich um und sehen eine Frau mit einer Tortenschachtel in der Hand. Sie gibt Hazel die Schachtel und schaut Emmie zögernd an.

Hazels Mutter hat zwar dieselbe Augenfarbe wie ihre Tochter, aber sonst sieht sie ihr nicht ähnlich. Sie ist ziemlich blaß, und die dunklen Haare hängen ihr glatt bis über die Schultern. Sie erinnert Fenna an Fotos von früher. Als die Beatles damals anfingen, hatten sie Mädchen um sich, die so aussahen. Überalterte Hippies, würde Emmie sagen. Jetzt sagt sie nichts dergleichen.

Fenna und Hazel stehen ungeschickt herum, als Emmie und Hanna sich erst unsicher küssen, dann aber aufgeregt zu reden anfangen.

»Du hast dich gar nicht verändert.«

»Siehst du gut aus!«

»Findest du wirklich? Ich fühle mich so alt.«

»Du kannst dir nicht vorstellen, wie ich mich freue, dich zu sehen.«

Hazel schneidet die Torte an und gibt Fenna ein großes Stück. Sie selbst fängt gleich an zu essen.

Emmie und Hanna lassen sich los.

»Und das ist Hazel«, sagt Hanna. Zu Fenna sagt sie: »Sag einfach Hanna zu mir.«

Emmie schlägt vor, daß Hazel sie dann auch Emmie nennen soll. »Fenna macht das zur Zeit auch, also . . .«

»Fenna?« fragt Hanna. »Von wem redest du?«

»Habe ich dir das nicht erzählt? Meine Tochter heißt Fenna.«

Hanna sagt nichts, sie schaut Fenna an. Aber sie sieht sie nicht wirklich. »Das hast du mir nicht gesagt«, sagt sie kurz. Sie blinzelt, dann lächelt sie Fenna an. »Du bist ungefähr so alt wie Hazel, sehe ich.«

»Ich bin fünfzehn«, sagt Hazel. »Und du?«

»Vierzehn«, antwortet Fenna.

»Knirps«, sagt Hazel. Zum Glück lacht sie dabei.

Emmie und Hanna reden und reden und vergessen ganz, ihre Torte zu essen. Emmie erzählt von ihrem Leben. Diese Geschichten kennt Fenna schon. Wie sie Fennas Vater zum erstenmal getroffen hat (im Zug, und sie dachte, er wäre ein Ekel), was sie damals tat (in einem Kaufhaus arbeiten, weil sie keine Lust hatte, weiter in die Schule zu gehen) und von den hundert Jobs, die sie hatte, bevor sie Fenna bekam.

»Damals dachte ich, Mutter zu sein wäre das Schönste auf der Welt«, sagt sie.

»Das Schönste?« sagt Fenna. »Das wußte ich nicht.«

Die Frauen hören sie nicht einmal. Emmie erzählt weiter, wie sie endlich einen Beruf lernen wollte und Kosmetikerin wurde. »Ich habe die Garage umgebaut, als ihr Vater wegging.«

»Siehst du ihn manchmal?« Hazel wendet sich an Fenna.

»In den Ferien. Mein Vater und meine Mutter haben keinen Streit. Und deine?«

»Ich habe meinen Vater noch nie gesehen«, sagt Hazel kühl.

Hanna stößt einen tiefen Seufzer aus, und Hazel sieht höchst zufrieden aus.

Sie scheinen öfter darüber zu reden, denkt Fenna. Vermutlich ein schwieriges Thema.

»Meine Mutter ist eine sehr gute Kosmetikerin«, sagt sie. »Die Kundinnen sind alle verrückt nach ihr, und . . .«

Hazel schaut sie erstaunt an, und Hanna beachtet Fenna einfach nicht.

»Warum hast du sie Fenna genannt?« fragt sie Emmie in einem Ton, als wäre Fennas Name irgendwie anstößig.

»Weil ich sie so bewundert habe«, antwortet Emmie. »Ich wußte schon früher, daß ich meine Tochter Fenna nennen würde. Jeder hat sie geliebt. Weißt du noch, daß sie Spinnweben gesammelt hat?«

Hanna nickt kurz. »Ich habe nichts vergessen.«

Hazel erkundigt sich, ob Spinnweben sammeln etwas ist, wofür man geliebt wird.

»Sie hat Zauberspiegel gemacht«, sagt Emmie. »Im Herbst bog sie Zweige zu Kreisen, holte verlassene Spinnweben aus den Sträuchern und streute Blumenblätter darauf. Das hat sie einem dann geschenkt. Manchmal ging das Ding sofort kaputt, aber manchmal hat es stundenlang gehalten. Sie konnte auch wunderschöne Geschichten erzählen, weißt du noch, Hanna?«

Hanna nimmt ihren Teller und sticht mit der Gabel in die Torte. »Habe ich nicht gesagt, daß ich nichts vergessen habe? Es ging immer um Elfen, sie hat an Elfen geglaubt.«

»Ich auch«, sagt Emmie. »Wenn sie davon erzählt hat, habe ich alles geglaubt. Sie hat die Elfen auch richtig gesehen.«

»Ja, sie hat viel gesehen«, sagt Hanna und fährt sich unruhig durch die Haare. Normalerweise würde Emmie nun sagen, daß die Haare davon fett werden, aber heute arbeitet sie nicht.

»Und wie ist es dir ergangen?« fragt sie.

Hanna dreht eine Strähne um den Finger. »Mir? Diese Demonstration, bei der wir uns zum letztenmal gesehen haben, weißt du noch, wofür oder wogegen die war?«

Emmie schüttelt den Kopf.

»Ich auch nicht«, sagt Hanna. »Und was bin ich gelaufen! Nachdem du weggezogen warst, habe ich noch jahrelang im Dorf gewohnt. Jeden Tag bin ich diesen verdammten langen Weg zur Schule geradelt, bis zum Abitur. Dann habe ich mich ins Studentenleben gestürzt. Warum hast du nie mehr von dir hören lassen?« Ihre Stimme klingt vorwurfsvoll.

»Das weiß ich nicht genau«, sagt Emmie. »Ich wurde krank, und dann hat es nicht mehr geklappt.«

Hanna schaut sie vorwurfsvoll an. »Du bist noch nicht mal zur Beerdigung gekommen. Nur deine Mutter war da, als Fenna begraben wurde.«

»Ich hatte Lungenentzündung«, sagt Emmie. »Ich wollte kommen, wenn es mir besser geht. Aber irgendwie ist nichts mehr daraus geworden.«

Sie sieht aus, als fühle sie sich in die Enge getrieben. Fenna kann das nicht aushalten. »Was hast du studiert?« fragt sie Hanna.

Hanna wirft ihr einen Blick zu, der zu sagen scheint: Ach, du bist auch noch da?

»Englisch«, sagt sie dann. »Ich bin Englischlehrerin, und manchmal mache ich Übersetzungen.«

»Bist du verheiratet?« fragt Emmie.

»Nein«, antwortet Hanna.

Sie fragt, ob Emmie raucht. Emmie raucht nicht, aber Hanna dreht sich eine Zigarette. »Vielleicht willst du Fenna dein Zimmer zeigen«, sagt sie zu Hazel.

Hazel schleppt Fenna mit hinauf. Hier ist es vollkommen anders als unten. Offensichtlich mag Hazel keine Unordnung. Es ist aufgeräumt, der Bodenbelag ist weiß, bestimmt muß man ihn jeden Tag putzen. Die Bücher stehen nebeneinander in einer Reihe. Auf dem Tisch steht ein schöner Blumenstrauß. Zum Glück hängt das gleiche Poster von Marilyn an der Wand, sonst würde sich Fenna wie im Zimmer einer Erwachsenen fühlen. So ist wenigstens etwas Vertrautes da.

»Setz dich«, sagt Hazel und deutet auf einen weißen Klappstuhl. »Ich habe einen ganz anderen Geschmack als meine Mutter, findest du nicht auch? Wir sind uns überhaupt nicht ähnlich. Ob ich das von meinem Vater habe? Könnte ja sein, daß er Innenarchitekt ist.«

Fenna weiß nicht, was sie darauf antworten soll. »Vielleicht hast du's auch von deinen Großeltern. Meine Oma sagt, daß manche Familieneigenheiten eine Generation überspringen. Oma und ich halten zum Beispiel nichts vom Schminken, Emmie schon.«

Hazel hört ihr gar nicht zu. »Er könnte natürlich auch Maler sein, oder vielleicht Wissenschaftler.«

»Weißt du denn gar nichts über ihn?« fragt Fenna.

»Wenig. Er war viel älter als meine Mutter. Sie fand ihn nett, aber nicht nett genug zum Heiraten. Er weiß nicht einmal, daß es mich gibt, und ich fantasiere mir immer alles mögliche über ihn zusammen.« Sie macht das Fenster auf und lehnt sich hinaus. »Ich würde so etwas nie tun«, sagt sie zum Fenster hinaus. »Wenn ich mal Kinder habe, sage ich ihnen alles.« Plötzlich schreit sie laut: »He, wann bekomme ich meine Bob-Marley-Kassette wieder?«

Die Stimme eines Jungen ruft, sie bekäme ihr Band zurück, wenn sie ihm seine Jimmy-Cliff-Platte bringen würde. Drei Wochen leihen wären lang genug.

»Magst du Reggae?« fragt Hazel.

Fenna nickt.

»Ist das wirklich wahr?«

»Ich lüge nie«, sagt Fenna. »Na ja, fast nie.«

Hazel schaut sie an. »Du siehst auch nicht danach aus, du hast ein braves Gesicht. Aber du hast auch die gleichen Turnschuhe wie ich, und wenn du Reggae magst, dann ...«

»Ich habe auch das gleiche Poster«, sagt Fenna.

Beide betrachten sie Marilyn. »Sie ist schön, nicht wahr?« sagt Hazel. »Dieses Fleckchen gehört zu ihr.«

Fenna fühlt sich wohl. Trotz des braven Gesichts.

Sie gehen wieder hinunter. Emmie und Hanna haben beschlossen, in der nächsten Woche zu Susanne zu fahren.

»Kommen sie auch mit?« fragt Hanna und deutet auf Hazel und Fenna.

Fenna nickt.

»Ist das diese Susanne vom Glauben?« fragt Hazel. »Die möchte ich gern mal sehen.«

»Was?« fragt Emmie. »Ist sie . . . ?«

»Wart's ab«, sagt Hanna. »Du wolltest doch so gern auf die Suche nach der Vergangenheit gehen! Dann mußt du auch alles selbst herausfinden.«

Emmie fragt, wie oft sich die Freundinnen besuchen. Hanna wird merklich kühler.

»Selten. Wir machen keine gemütlichen Familienbesuche, aber jede von uns weiß genau, wo die andere wohnt und was sie tut.« Nachdrücklich fügt sie hinzu: »Wir haben uns nie aus den Augen verloren.«

»Tut mir leid, daß . . .« sagt Emmie.

Hanna schüttelt etwas Unsichtbares von sich ab. »Laß nur, es wäre doch nie mehr wie früher geworden. Ich rufe Susanne an und sage Bescheid, daß du kommst.«

»Daß wir kommen«, sagt Hazel. »Sie wohnt doch in Amsterdam, oder? Da könnten wir vielleicht einkaufen.«

»Ja, in Amsterdam«, sagt Hanna und grinst. »Susanne ist direkt in den Sündenpfuhl gezogen.«

»Wie findest du sie?« fragt Emmie, als sie und Fenna wieder daheim sind.

»Ich glaube, Hazel gefällt mir«, sagt Fenna. »Aber Hanna kann mich nicht leiden.«

»Wie kommst du denn darauf?«

Fenna kann das nicht richtig begründen. »Hanna hat mich so seltsam angeschaut«, sagt sie.

»Das bildest du dir nur ein«, sagt Emmie. »Schön, daß sie die anderen auch sehen will. Aber komisch ist das schon, sie wissen alles über einander, besuchen sich aber nie. Ob die anderen auch Kinder haben?«

»Weißt du das nicht?« fragt Fenna. »Ich dachte, darüber hättet ihr geredet, als wir zwei oben waren.«

«Nein, Hanna meint, ich müßte alles allein herausfinden. Sie ist schon immer ziemlich eigensinnig gewesen. Wenn man früher zu ihr sagte, das Eis sei noch nicht dick genug, mußte sie es selbst ausprobieren. Sie hat sich oft naße Füße geholt.«

Fenna steht wieder vor Marilyn. Nun ganz allein.

Ob sie wohl auch manchmal das Gefühl gehabt hatte, jemand schaue sie an und sähe nicht sie, sondern vielleicht eine andere?

»Ich erzähle keine Geschichten«, sagt Fenna laut. »Und an Elfen glaube ich normalerweise auch nicht.«

3

Das Wetter ist großartig, als sie zu Susanne fahren. Der Sommer scheint dieses Jahr nicht aufhören zu wollen. Fenna und Emmie holen Hanna und Hazel ab.

Hazel ist sehr schick angezogen, Fenna fühlt sich schlagartig drei Jahre jünger.

»Vielleicht können Fenna und ich einkaufen gehen«, schlägt Hazel vor. »Ich brauche einen neuen Wintermantel.«

Hanna schaut auf einen Zettel. »Ich glaube nicht, daß es da, wo Susanne wohnt, viele Geschäfte gibt.«

»Mag sie Kinder immer noch so gern?« fragt Emmie. »Ich habe immer gedacht, sie bekommt mindestens sechs.«

Hanna sagt, da irre sie sich. »Das muß jemand anderes sein. Susanne hat keine Kinder.«

Sonst will sie aber nichts sagen, so sehr Emmie auch drängt. Fenna fragt sich, ob Hanna aus Bosheit oder nur zum Spaß nichts sagt. Letzteres wäre ihr lieber.

In Amsterdam sind sie schnell. Das Suchen nach Susannes Wohnung dauert länger. Hanna bekommt einen Lachanfall, als Emmie, auf ihre Anweisung hin, zum drittenmal dieselbe Runde fährt. Und Emmie ärgert sich noch nicht mal darüber. Kichernd, so wie jetzt, müssen sie früher zusammen mit den Rädern gefahren sein.

»Hier?« fragt Emmie, als Hanna sie bittet anzuhalten. »Was für eine triste Straße.«

»Keine Läden«, sagt Hazel enttäuscht.

Hanna verspricht ihr, sie würden auf alle Fälle nach dem Besuch was Schönes unternehmen. Susanne müsse sowieso gegen vier anfangen zu arbeiten.

»Was macht sie denn?« fragt Fenna.

Hanna ist schon ausgestiegen und schaut am Haus hoch.

»Verdammt weit oben. Wo ich doch Treppensteigen nicht ausstehen kann. Kommt ihr?«

Auf der vierten Etage deutet Emmie keuchend auf ein Namensschild. »Wir sind da. Schau, sie benutzt ihren Mädchennamen.«

Hanna sagt, Susanne habe nie einen anderen gehabt. Sie riecht schnell an den Rosen, die Emmie in der Hand hat. »Da hast du dich ganz schön in Unkosten gestürzt.«

»Dir habe ich doch auch welche gebracht«, sagt Emmie.

Hanna schnauft. »Ich bin nicht so verschwenderisch.«

»Meine Mutter schon«, sagt Fenna.

Nun schnauft Hazel. Genau so wie ihre Mutter. Was ist denn daran falsch, wenn man Blumen mitbringt? Nur weil die Freundinnen das nicht gewöhnt sind? Warum eigentlich nicht? denkt Fenna.

Emmie sagt: »Siehst du das gestickte Tuch da am Fenster? Erinnerst du dich noch an Handarbeiten bei Fräulein Baasjes?«

Hanna drückt auf die Klingel. »Ja, du hast dir manchmal deinen Rock am Stickzeug festgenäht. Komm, Susi, mach schon auf.«

Sind sie hier richtig? Fenna betrachtet die Frau, die ihnen die Tür aufmacht. Diese Frau ist doch viel älter! Erst bei näherem Hinschauen merkt sie, daß sie sich geirrt hat. Es liegt an der Kleidung, daß sie älter aussieht. Susanne trägt einen dunklen Faltenrock. Dazu eine Bluse und eine dunkelblaue Jacke. Sie ist ungeschminkt und hat die Haare mit Klemmen hochgesteckt.

Emmie will die Frau begeistert umarmen, doch Susanne hält ihr nur die Hand hin. »Was für eine Invasion«, sagt sie. »Ich bin Susanne.«

Noch bevor Fenna und Hazel sich vorstellen können, geht Susanne ihnen voraus in die Wohnung.

»Ich schenke nur eben den Tee ein, dann können wir uns unterhalten.« Sie verschwindet mit den Blumen in der Küche.

Etwas verwirrt setzen sie sich in die großen, dunklen Sessel. Sie sind mit geblümtem Stoff bezogen und zu schwer für dieses Zimmer. An der Wand hängen ein Foto von zwei Kätzchen und ein Kalender mit Fotos der niederländischen Prinzen. Emmie sagt leise, die Möbel kämen ihr bekannt vor.

»Sie hat sie von ihren Eltern geerbt«, flüstert Hanna zurück. »Susanne würde nie etwas verschwenden.«

Susanne kommt mit einem Tablett zurück, auf dem goldgeränderte Teetassen stehen. Sie reicht ihnen die Tassen. Kekse gibt es nicht.

»Laß dich mal anschauen«, sagt sie zu Emmie. »Es ist schon so lange her.«

Emmie will aufstehen, aber Susanne bedeutet ihr, sie solle sitzenbleiben. Vielleicht hat sie Angst vor Küssen.

Fenna nimmt einen Schluck von dem starken Tee, und weil es im Zimmer so still ist, fragt sie: »Ist das ein Foto von Ihren Katzen?«

Susanne dreht den Kopf. »Nein, die habe ich aus einem alten Kalender geschnitten. Ist das deine Tochter?« fragt sie Emmie und deutet auf Hazel.

»Ich nicht«, sagt Hazel. »Sie. Das ist Fenna.«

Susanne setzt sich noch aufrechter hin als sie bereits saß. »Fenna«, sagt sie ausdruckslos.

»Hat Hanna dir das nicht erzählt?« fragt Emmie.

»Nein, nur daß du eine Tochter hast. So, es gibt also wieder eine Fenna.«

Und wieder hat Fenna das Gefühl, sie müsse sich für diesen Namen entschuldigen.

Susanne schaut sie ruhig an. »Sie trug ihre Haare manchmal genauso zusammengebunden, aber sie war noch blonder.«

Ich will hier weg, denkt Fenna. Warum küssen sie sich nicht endlich und fangen mit ihren Erinnerungen an?

Susanne wendet sich wieder Emmie zu. »Du wolltest uns wieder einmal sehen?«

»Ich wollte wissen, wie es euch geht«, sagt Emmie. »Jetzt ist mir klar, daß ich das früher hätte tun sollen.«

Susanne lächelt vage. »Mir macht das wenig aus, ich hänge nicht so an der Vergangenheit wie andere. Ich habe ein neues Leben kennengelernt, und das gibt mir alles, was ich brauche. Ich weiß, daß Hanna darüber spottet, aber das berührt mich nicht. Siehst du, ich habe IHN gefunden.«

»Ihn?« fragt Emmie. »Bist du verliebt?«

Susannes Gesicht sieht auf einmal glücklich aus. »Den HERRN. Ich habe einen langen Weg zurückgelegt, aber schließlich habe ich IHN gefunden.«

»Bah«, sagt Hanna. »So lang war dein Weg nun auch wieder nicht. Ein richtig wildes Leben hast du doch nie geführt.«

Susanne schaut sie ernst an. »Aber die Sünde hatte ich auch in mir.«

»Und ist dir vergeben worden?« fragt Hanna.

Susanne sagt, sie bemühe sich darum.

Es ist ein seltsames Gespräch, und Emmie räuspert sich. »Wie ist denn das gekommen? Deine Eltern waren doch nicht gläubig?«

»Ich habe erkannt«, antwortet Susanne einfach. »Als ich mit der Schule fertig war, wußte ich nicht, welchen Weg ich einschlagen sollte. Genau wie Hanna habe ich angefangen zu studieren. Geschichte. Ich habe sogar eine Weile unterrichtet, aber ich fühlte mich nicht wohl vor der Klasse, etwas hat mir gefehlt. Dann traf ich die Menschen der Gemeinschaft. Ich erkannte das Gute, das sie taten, und sie erzählten mir über Gott, Unseren Herrn.«

Sie hält eine Predigt, denkt Fenna. Das ist kein normales Erzählen.

»Was tut ihr in der eh . . . Gemeinschaft?« fragt Emmie.

Susanne schenkt noch einmal Tee nach. Fenna versteht nun auch, warum sie keine Kekse bekommen haben. Wenn man den Glauben gefunden hat, braucht man vermutlich keine Kekse mehr.

»Wir haben ein Zentrum«, erzählt Susanne. »Dorthin kommen die Ausgestoßenen dieser Gesellschaft, Drogenabhängige, Prostituierte. Denen, die keine Unterkunft haben, bieten wir Wärme, Essen und manchmal einen Schlafplatz.«

Fenna erinnert sich an den vergangenen Winter, als es so kalt war. Vielleicht ist Susanne gar nicht so übel.

»Ihr wollt auch Seelen gewinnen«, sagt Hanna.

Susanne sagt, nein, das täten sie nicht. »Wenn sie mehr erfahren wollen, können wir ihnen einen Weg zeigen, aber das muß nicht sein. Manche kommen von sich aus. Wenn sie nur verstehen, daß wir für sie da sind. Tag und Nacht.«

»Sicher so wie du für mich, damals, als ich schwanger war«, sagt Hanna. »Ich habe einen lächerlichen Brief von dir bekommen, in dem du mir ungebeten drei Adressen gegeben hast, wo ich das Baby unterbringen könnte.«

Hazel rückt auf die Stuhlkante.

Susanne sagt ruhig, sie habe die Adressen geschickt, weil ihrer Meinung nach ein Kind beide Eltern nötig habe. Diese Leute seien geeignet gewesen.

»Darauf, daß ich's vielleicht behalten wollte, bist du wohl gar nicht gekommen«, sagt Hanna böse.

Susanne antwortet ruhig, das habe sie auch bedacht und daher die Adressen geschickt. »Aber als du dich entschieden hattest, habe ich nichts mehr dagegen gesagt.«

Hanna muß zugeben, daß sie recht hat. »Du hast sogar Söckchen für sie gestrickt und sie als eine der ersten besucht.«

Hazel fällt fast vom Stuhl. »Sie haben mich als Baby gesehen? Und vielleicht haben Sie sogar meinen Vater gekannt?«

Susannes Gesicht bekommt einen mitleidigen Zug. Fenna weiß nicht, ob sie das sympathisch finden soll oder besonders seltsam.

»Ich habe deinen Vater nicht gekannt. Damals warst du

ein liebes Kind. Bist du jetzt so störrisch wie deine Mutter?«

»Nein«, sagt Hazel.

Emmie fragt, ob Susanne sich noch an ihren gemeinsamen Schwimmunterricht erinnern kann. Susanne erinnert sich noch, trotz ihres neuen Lebens.

»Bei Frau van Walsum, und du bist geschwommen wie eine Wasserratte.«

Emmie sagt verträumt, sie sehe es noch vor sich, wie die anderen am Rand saßen. »Und Fenna mußte fast immer am Rand bleiben. Ihre Eltern haben nur selten erlaubt, daß sie ins Wasser ging. Sie waren so vorsichtig, aber es hat nichts genützt.«

Susanne und Hanna werfen sich einen Blick zu, und wieder macht Hanna eine Bewegung, als schüttle sie etwas von sich ab. Susanne rührt in ihrer leeren Teetasse.

»Fenna«, sagt sie.

Fenna würde am liebsten dazwischen schreien, sie sollten endlich mit der anderen Fenna aufhören. Jetzt sei sie da.

»Ich muß gleich zur Arbeit«, sagt Susanne. »Ich habe heute abend Dienst.«

»Bis wieviel Uhr?« fragt Hazel.

»Oh, von fünf bis ein Uhr oder zwei. Das hängt davon ab, wie lange etwas los ist.«

»Jesus!« sagt Hazel. »Oh, sorry. So lange! Und Sie arbeiten die ganze Zeit für diese Leute?«

Sie schaut Susanne bewundernd an.

»Vergiß nicht, daß der HERR ihr hilft«, sagt Hanna.

Susanne macht sich nichts aus Hannas Ton. »Mit der Hilfe des HERRN«, bestätigt sie.

Hanna steht auf. »Gehen wir.«

Ob sie eifersüchtig ist? Hazel scheint sehr beeindruckt.

Emmie sagt, wie schön es war, daß sie Susanne wiedergesehen hat. »Vielleicht können wir mal was zusammen unternehmen. Ich besuche auch noch Mirjam und Els. Soll ich sie auch mal fragen?«

Hanna seufzt, und Susanne schweigt.

Hazel will noch wissen, wo Susannes Zentrum liegt.

»Grauenhaft. Hier in dieser Gegend«, sagt Hanna. »Willst du es dir mal anschauen?«

»Kann schon sein«, sagt Hazel.

Susanne sagt, sie sei immer willkommen.

Keine Küsserei. Sie geben sich zum Abschied die Hand.

»Daß du das ja bleiben läßt!« zischt Hanna. »Du gehst dort nicht hin.«

Sie stolpern die Treppe hinunter. Erst im Auto reden sie wieder.

»Die heilige Jungfrau von Amsterdam«, sagt Hanna bitter. »Mal schnell meine Tochter bekehren.«

»Aber sie tut ein gutes Werk«, sagt Emmie. Bedrückt fügt sie hinzu: »Sie schon. Der Herr kann mir gestohlen bleiben, aber Susanne tut wenigstens was mit ihrem Leben.«

»Du doch auch«, sagt Fenna tröstend. »Du machst doch sehr viel. Sollen wir was Gutes essen gehen?«

Hanna schaut auf ihre Uhr. »Eine prima Idee. Die Läden sind doch schon fast zu. Sünde hin, Sünde her, ich hätte gern einen Schnaps.«

Beim Essen unterhalten sich Emmie und Hanna über Bücher, die Fenna und Hazel nur deshalb kennen, weil sie im Haus herumliegen. Fenna fragt leise, ob Hazel wirklich vorhabe, einmal ins Zentrum zu gehen.

»Vielleicht«, flüstert Hazel. »Kann doch sein, daß sie gelogen hat und trotzdem weiß, wer mein Vater ist.«

»Lügen darf sie doch nicht, wegen des HERRN«, sagt Fenna.

Hazel ist sichtlich verärgert. Sie wirft einen Blick auf Emmie und Hanna, die noch immer in ein tiefsinniges Gespräch verwickelt sind, und fragt dann ganz lieb, ob Fenna immer so brav sei.

»Ich?«

»Ja, du. Immer willst du deine Mutter beschützen. Ein paarmal hast du versucht abzulenken, wenn die Situation nicht besonders angenehm für sie war. Sie ist doch erwachsen, oder nicht?«

»Aber in der letzten Zeit ist sie so bedrückt«, verteidigt sich Fenna.

»Dann ist das ihre Sache.« Hazel lächelt hochmütig und bricht ein Stück Brot ab. Sie stopft es in den Mund und verschluckt sich.

Ersticken sollst du, denkt Fenna. Aber einen Moment später klopft sie Hazel doch auf den Rücken.

Auf dem Heimweg reden sie wieder normal miteinander. Fenna freut sich auch, daß Hazel mitgehen wird zu Els.

Els scheint irgendwo in der Nähe zu wohnen. Fenna ist froh, weil sie dann nicht so lange im Auto sitzen muß. Als sie noch andere Fragen über Els stellen will, will Hanna nichts mehr sagen. Sie würden schon selbst sehen, wie Els ist.

»Sehr verändert?« Emmie versucht es noch einmal.

Hanna schweigt. Ob es ihr wirklich Spaß macht, andere zappeln zu lassen?

Als Emmie die beiden absetzt, grüßt Hazel mit hochgestrecktem Daumen. »Bis bald, Bravo!«

»Was meint sie damit?« fragt Emmie und fährt knapp an einem Bus vorbei.

»Nichts, gar nichts. Paßt du auch wirklich auf?«

»Natürlich. Was für ein hübscher Fahrer«, sagt Emmie. Sie rammen beinahe den Bus, und der Fahrer tippt sich an die Stirn.

Die Fenna von heute träumt von der Fenna von damals. Die andere sieht aus wie eine Elfe ohne Flügel. Die Haare sind gleich, aber die andere Fenna ist blonder.

»Schau«, sagt sie. »Emmie und Susanne schwimmen mit dem HERRN. Wer wird gewinnen?«

Plötzlich hat sie eine weiße Trainingsjacke an. Darauf steht in Gold die Zahl 1. Als die Fenna von heute an sich hinunterschaut, sieht sie auf ihrer eigenen Jacke die Zahl 2.

»Wir zusammen«, sagt Fenna 1 und lacht.

4

An diesem Samstag machen Hanna und Hazel einen Besuch bei ihnen. Fenna zeigt Hazel ihr Zimmer. Hazel schaut sich kritisch um. »Groß. Hier könnte man leicht zu viert schlafen.«

Dann deutet sie auf Fennas mit Eistüten bedruckte Dekke. »Wenn du schläfst, träumst du sicher die ganze Nacht vom Eisessen.«

Fenna will eigentlich erzählen, daß sie von Fenna 1 geträumt hat, aber es geht Hazel nichts an, daß Fenna 1 in dem Traum sagte: »Natürlich ist der Elfenkönig Hazels Vater. Er war auf der Durchreise, verstehst du?«

Hazel blättert in Fennas Heften. »Du schreibst aber ordentlich. Schön, diese lila Tinte. Ich nehme jede Woche eine andere Tinte. In was bist du gut?«

»In allem«, sagt Fenna. Sie gibt nicht an. Es ist einfach so.

Hazel fragt, was Fenna später werden will. »Psychologin«, sagt Fenna, und Hazel macht ein altkluges Gesicht. »Ach so, deshalb beobachtest du deine Mutter so genau. Du übst wohl an ihr.«

Fenna findet das Quatsch und sie fragt, was Hazel werden will.

»Schauspielerin. Ich habe übrigens die Hauptrolle in unserem Weihnachtsstück an der Schule. Soll ich dir erzählen, wovon es handelt?«

Fennas größte Rolle, die sie je hatte, war die eines Tannenbaums mit Liebeskummer, aber sie geht gern ins Theater und hört Hazel aufmerksam zu.

»Es handelt von einem Mädchen, das sehr gut singen kann. Doch dann kommen ekelhafte Typen, die ihr die Stimme klauen wollen, deshalb hält sie sieben Jahre ihren Mund.«

»Körpersprache«, sagt Fenna. »So nennt man das, wenn nichts geredet wird. Kannst du das gut?«

Hazel steht auf und fuchtelt mit den Armen. »Was ist das?«

»Also . . .«, sagt Fenna. »Ich weiß nicht.«

»Angst.«

»Ach so!« Fenna verkriecht sich am liebsten, wenn sie Angst hat, aber vielleicht bleiben ja andere Leute stehen.

Hazel betrachtet Marilyn. »Weißt du, daß sie wunderbar spielen konnte? Nur hat kaum jemand an sie geglaubt.«

Fenna seufzt. »Die Arme.«

»Und deshalb gehe ich auf die Schauspielschule. Wenn ich dann entdeckt werde, kann ich wenigstens spielen«, sagt Hazel. »Vielleicht ist mein Vater auch Schauspieler.«

»Vielleicht«, sagt Fenna. »Ist das so wichtig für dich?«

Hazel will wissen, wie sie das meint, und Fenna sagt, es gehe doch wohl um Hazel selbst.

Hazel legt sich auf das Bett und tut, als würde sie an einem Eis lecken. »Wie fändest du das denn, wenn du deinen Vater nie gesehen hättest?«

Fenna denkt nach. Wie sie es finden würde? »Ich weiß es nicht«, sagt sie wahrheitsgemäß.

Hazel setzt sich auf und zählt an ihren Fingern ab. »Ich weiß, daß er viel älter war, daß sie ihn nett fand, daß er keine Ahnung von meiner Existenz hat, und das ist alles. Vielleicht weiß diese Els mehr, ich kann sie ja mal fragen.«

»Du bist deiner Mutter so ähnlich, reicht dir das nicht?« sagt Fenna.

Aber davon will Hazel nichts wissen. »Du bist blöd! Ich bin ihr kein bißchen ähnlich. Du wirst bestimmt eine schlechte Psychologin, wenn du das nicht sofort siehst.«

Zum Glück wird sie durch ein Foto auf Fennas Tisch abgelenkt. »Wer ist das?«

»Meine Freundin Jolanda. Sie ist bei mir in der Klasse.«

Hazel steht auf und betrachtet das Foto aus der Nähe. »Eine komische Nase.«

Fenna findet das eigentlich auch, aber daß Hazel es so einfach sagt, ist ihr unangenehm. Sie nimmt das Foto und drückt es beschützend an sich. Jolanda im Schwimmbad, noch lachend, weil Fenna sich aus Versehen auf einen wildfremden Jungen gesetzt hat. Gestern haben sie miteinander telefoniert. Jolanda wollte heute kommen, aber Fenna sagte, das ginge nicht. Als Jolanda von Hazel erfuhr, fragte sie: »Wird die jetzt deine Freundin?« Das Gespräch endete nicht gerade herzlich.

Vielleicht sollten sich Jolanda und Hazel mal kennenlernen, schließlich hatte Emmie sogar fünf Freundinnen.

Wie war das eigentlich? Haben die nie gestritten?

»Ob wir gestritten haben?« sagt Emmie. Sie sind auf dem Weg zu Els. Emmie denkt über Fennas Frage nach. »Nicht mal so oft. Fenna hat es immer wieder geschafft, einen Streit zu verhindern.«

»Hach«, sagt Hanna höhnisch. »Wir hatten schon manchmal Streit. Weißt du noch, dieser Micha? Du hast ihn mir damals ausgespannt.« Sie dreht sich zu Fenna um. »Deine Mutter ist bei den Jungen gut angekommen, eine wilde Hummel hat meine Mutter sie genannt.« Emmie lacht. »Sie hat mich auch immer gewarnt. Kindchen, sie wollen nur das eine von dir, und wenn sie das haben, verlieren sie den Respekt. Meine eigene Mutter hat nie über so was gesprochen. Aber das war mehr aus Angst.«

»Hat Oma solche Sachen gesagt?« fragt Hazel Hanna. »Dann muß sie doch entsetzt gewesen sein, als du mit mir angekommen bist!«

Hanna dreht sich um, und sie können ihr Gesicht nicht mehr sehen. »So schlimm war es nicht. Nach dem ersten Schreck fand sie es schön.«

Emmie redet weiter über die Freundinnen. Wie seltsam es ist, daß sie so wenig gestritten haben, obwohl sie einander doch so oft sahen.

Hanna zuckt mit den Schultern. »Du warst nicht immer dabei.«

»Ich habe nie was gemerkt«, beharrt Emmie. »Ja, Els und Fenna waren zusammen im Geigenunterricht, und einmal mußten sie zusammen spielen. Das ist fast schief gegangen. Wenn wir sie nicht zurückgehalten hätten, hätte Els ihre Geige ins Publikum geworfen. Ich bin nie dahintergekommen, warum das damals passiert ist.«

»Weil Fenna besser gespielt hat«, sagt Hanna. »Schaut euch mal diese Gegend an! Zu den armen Leuten gehört Els jedenfalls nicht.«

»Bist du schon mal bei ihr gewesen?« fragt Emmie.

Gereizt antwortet Hanna, sie habe doch schon erklärt, daß sie sich gegenseitig nie besuchten, aber wenn Emmie es unbedingt wissen wolle, sie träfen sich manchmal in einem Restaurant.

Fenna schaut aus dem Fenster. Was ist das doch für eine seltsame Freundschaft.

»Wow!« sagt Emmie, als sie das Auto geparkt hat. »Ist das da ihr Haus?«

Hanna deutet auf ein Schild. »Sprechstunden nach Vereinbarung. Das gilt nicht für uns.«

»Was machen sie?«

»Pieter ist Zahnarzt. Els empfängt Gäste und ist Mitglied verschiedener Clubs: Die perfekte Gastgeberin, Rassehundezucht und so weiter.«

Sie gehen durch den nassen Garten, doch kein Tröpfchen fällt ihnen in den Nacken, weil die Zweige ordentlich zurückgeschnitten sind.

Der Rasen ist frisch gemäht, und die Herbstblumen sind nach Farben geordnet. Hanna klingelt an einem Portal.

Fenna schaut an der Fassade hoch. Hazel wird staunen, denkt sie. Sie fand mein Zimmer schon groß, aber hier sind die Räume bestimmt riesig. Vielleicht hat Els einen Haufen Kinder.

Jedenfalls hat sie einen Hund, und der bellt, als wären sie gekommen, um das Familiensilber zu klauen.

Die Tür geht auf, und sie lernen erst den Hund kennen, dann den Menschen. Der Hund ist ein riesiger Schäferhund, der Mensch ein Mann mit einer karierten Hose und einem hellgelben Pullover, der das Tier nur mit Mühe zurückhalten kann.

»Halt's Maul!« schreit er. »Oh, Verzeihung, ich habe nicht Sie gemeint, sondern Rexchen. Tut mir leid, aber ich werde ihn wohl erst zum Zwinger bringen müssen.«

Er zerrt das knurrende Tier zu irgendeiner Stelle im Garten, und sie warten wohlerzogen auf der Schwelle. Fenna ist erleichtert. Hunde dieser Größe hat sie lieber nicht in ihrer Nähe.

»Rexchen«, sagt Hazel. »Von wegen! Ein ausgewachsener Rex!«

Der Mann kommt leicht keuchend zurück. »Entschuldigung. Darf ich mich vorstellen? Ich bin Pieter. Meine Frau erwartet Sie schon. Seltsam, daß sie noch nicht da ist. Aber vielleicht hat sie die Klingel nicht gehört.«

Fenna findet das unwahrscheinlich. Die Klingel könnte sie ja noch überhört haben, das Viech aber keinesfalls.

»Soll ich vorgehen?« fragt Pieter.

Sie folgen ihm in ein Zimmer, das die Ausmaße einer kleinen Rollschuhbahn hat. Zu Fennas Entsetzen ist auch hier ein Hund. Zum Glück ein kleiner, aber bellen tut er auch.

»Ruhe, Cherry!« befiehlt Pieter. »Geh ins Körbchen.«

Das Hündchen legt sich folgsam in einen mit Kissen ausgefütterten Korb.

»So«, sagt Pieter freundlich. »Nun können wir uns in Ruhe kennenlernen.« Er schüttelt allen die Hand und sagt dann: »Macht's euch bequem, ich suche meine Frau.«

Das Suchen dauert einen Moment, so daß sie sich ungeniert umschauen können. Trotz der Hunde sieht es sehr sauber und aufgeräumt aus. Kleine Tische mit silbergerahmten Fotos von Hunden und Pferden stehen herum. An der Wand hängen zwei Gemälde. Eines zeigt ein Schiff in der Brandung, das andere eine Landschaft mit Kirche.

»Haben sie nun Kinder oder nicht?« flüstert Emmie.

Hanna schüttelt den Kopf.

»Doch«, sagt Hazel leise. »Kinder mit vier Beinen.«

Pieter kommt mit einem großen Tablett mit Leckereien ins Zimmer.

»Meine Frau bringt den Tee«, sagt er.

»Ich bin schon da«, erklingt eine heitere Stimme.

Die Frau, die jetzt hereinkommt, hat ein strahlendes Lächeln auf ihrem perfekt zurechtgemachten Gesicht. Bevor sie das Tablett mit der Teekanne und den Tassen auf den Tisch stellt, fühlt sie schnell an der Unterseite, ob es auch trocken ist. Dann geht sie mit eiligen kleinen Schritten auf Emmie zu.

»Wie schön, dich nach so langer Zeit wieder zu sehen. Du siehst glänzend aus.« Sie haucht ihr ein paar Küsse auf beide Wangen. Dann geht sie zu Hanna. »Du veränderst dich auch nie. Du hast deine Haare immer noch nicht abgeschnitten.«

Hanna bekommt nur einen gehauchten Kuß. »Bitte Pieter, schenkst du ein? Rexchen ist doch draußen, oder? Er haart zur Zeit ein wenig«, sagt sie zu ihren Gästen. »Das macht mehr Schmutz, als man glaubt.«

Während Pieter einschenkt und Kuchen auf die Teller legt, geht Els zu Hazel. »Du bist genau wie deine Mutter«, sagt sie und küßt sie. »Aber schon so groß! Wie doch die Zeit vergeht. Und nun deine Tochter, Emmie.« Sie nähert sich Fenna. »Zeig doch mal, ob du deiner Mutter ähnlich bist.«

Fenna steht ungeschickt auf. Els ist eine Frau, bei der man sich immer zu groß vorkommt, auch wenn man in Wirklichkeit nicht größer als sie ist. Sie hat etwas Zerbrechliches an sich. Ihre schulterlangen Haare fallen genau wie auf den Bildern beim Friseur. Ihre Nägel sind rosa lackiert, und an ihren Fingern stecken viele Ringe. Els ist eine Dame.

Fenna vergißt sich vorzustellen, bis Emmie sagt: »So schlecht habe ich dich nun auch wieder nicht erzogen.«

Els lächelt und zwinkert mit einem ihrer blauen Augen. »Ach ja, die Jugend.«

Als Fenna sagt, wie sie heißt, passiert etwas mit Els' Gesicht. Das Lächeln verschwindet und wird zu einem seltsamen Ausdruck. Fenna schaut an ihr vorbei zu Hanna. Sie hätte es ihr vorher sagen können, aber anscheinend wollte sie sie überraschen.

Sie fühlt einen Kuß auf ihrer Wange. »Wie witzig, dieser Zufall«, sagt eine hohe Stimme.

»Kein Zufall«, sagt Hanna. »Absicht. Zum Andenken.«

»Oh ja?« Els setzt ihr Lächeln wieder auf und sagt, sie sollten den Tee nicht kalt werden lassen. »Die Kuchen sind wunderbar. Wir haben einen tollen Bäcker in der Nähe.«

Pieter steht auf und sagt, er lasse die Damen jetzt allein, sie hätten sich bestimmt allerhand zu erzählen.

Els und Emmie erzählen sich ihr Leben. Els berichtet, daß sie vor ihrer Hochzeit Mannequin war, dann aber aufhörte zu arbeiten, weil ihre anderen Verpflichtungen überhand nahmen. Sie denke aber manchmal daran, eine kleine Boutique zu eröffnen, doch irgendwie klappe es nie.

Emmie fragt, ob sie noch Geige spiele.

»Nein«, antwortet Els. »Soll ich euch den Garten zeigen?«

Der Garten ist noch prächtiger und größer, als er von der Vorderseite wirkt.

»Pieters Hobby«, erzählt Els. »Im Frühjahr und im Herbst kommt ein Gärtner. Schaut, die Blumenzwiebeln liegen schon bereit.«

Sie reicht Emmie den Arm. »Bist du eine gute Kosmetikerin? Dann komme ich mal zu dir. So weit weg wohnst du ja nicht.«

»Sie ist sehr gut«, sagt Fenna. Sie stellt fest, daß Els immer wieder unauffällig zu ihr herüberschaut. Was ist denn nur los? Nur wegen ihres Namens? Erst Hanna, dann Susanne. Jetzt das dritte Mal, das kann doch kein Zufall sein.

Els fragt, welchen Eindruck Emmie von Susanne hat. »Sie ist verändert, nicht wahr? Ihr HERR hat sie auf dem Gewissen, und sie beruhigt so das ihre.«

»Und wie machst *du* das?« fragt Hanna.

»Ich?« Els bückt sich, pflückt eine Blume und hält sie unter Hannas Nase. »Riecht wunderbar.«

»Ich rieche nichts«, sagt Hanna.

Els wirft die Blume auf den Boden und meint, Hanna sei bestimmt erkältet. »Sollen wir reingehen und etwas trinken? Bitte, wischt euch die Schuhe ab. Weißer Marmor sieht schön aus, aber er ist sehr empfindlich.«

Fenna bleibt stehen und hebt die Blume auf. Auch sie riecht nichts, und sie ist nicht erkältet.

Eine Stunde später fahren sie weg und winken, bis sie Els nicht mehr sehen.

»Ächz!« sagt Hanna. »Wie findest du sie?«

»Anders«, sagt Emmie. »Schade, daß sie nicht mehr Geige spielt, sie war gut. Naja, niemand bleibt immer gleich. Du bist auch verändert. Ich hätte dich fast nicht wiedererkannt.«

Hanna will wissen, inwiefern sie sich verändert habe.

»Du bist einfach älter geworden, genau wie ich. Sollen wir nächste Woche zu Mirjam fahren?« fragt sie.

»Übernächste Woche«, sagt Hanna. »Nächste Woche habe ich eine Verabredung.«

»Muß ich mich dann allein vergnügen?« fragt Hazel.

»Du kannst ja zu mir kommen«, sagt Fenna.» Dann lade ich Jolanda auch ein.«

»Gut«, sagt Hazel. »Und ich backe einen Apfelkuchen.« Sie und ihre Mutter steigen aus. »Bis bald, Bravo!«

»Warum sagt sie immer Bravo zu dir?« fragt Emmie.

»Einfach so.«

Zu Hause hat Fenna keine Lust zu reden. Irgend etwas ist los, aber sie weiß noch nicht was. Sie denkt daran, wie Els sie angeschaut und die Blume auf den Boden geworfen hat. Dieses Gerede über Gewissen.

Fenna will nicht mehr nachdenken und bietet an, Makkaroni zu kochen.

Sie essen ganz gemütlich mit dem Teller auf dem Schoß und sehen fern. Ein Junge wird interviewt, der durch Scheidungen plötzlich zwei Mütter und drei Väter hatte. Am Geburtstag sei das toll, wegen der vielen Geschenke, sonst aber sei das reichlich kompliziert.

»Was der eine im Überfluß hat, fehlt dem anderen«, sagt Fenna und denkt an Hazel.

Emmie fragt, ob Fenna überhaupt Lust habe mit ihr zu Mirjam zu fahren.

»Diesmal bestimmt. Du bist doch in dem Dorf geboren. Steht das Haus noch?«

»Hanna meint, ja.«

»Findest du nicht . . .« fängt Fenna an.

»Was?«

»Nun, daß sie mich . . . Ach, laß nur. Dieser Hund!« fügt sie hinzu, um das Thema zu wechseln.

»Rexchen«, sagt Emmie. »Rexchen?«

»Waaau!« macht Fenna.

5

Fenna ruft Hanna an. Hanna klingt gehetzt und fragt, ob sie Hazel sprechen wolle.

»Nein, dich. Ich wollte dich fragen, ob du noch Fotos von euch hast, von früher. Emmie hat ihre verloren.«

»Wart mal kurz, da kocht was über.« Fenna hört, wie Hanna wegläuft, in der Küche herumklappert und wiederkommt. »Was wolltest du?«

»Fotos. Alte Fotos von damals, als ihr jung wart.«

»Nein«, antwortet Hanna kurz. »Versuch's bei Mirjam. Ich habe nichts mehr. Früher ist früher, und jetzt ist jetzt. Soll ich dir Hazel geben?«

Hazel erzählt, sie hätte für das Weihnachtsstück geprobt und es sei gut gelaufen. Sie lädt Fenna und Emmie zur Aufführung ein.

»Schön«, sagt Fenna. »Es ist nur noch so lange hin. Wer weiß, was dann los ist. Kommst du am Samstag?«

»Natürlich«, sagt Hazel. »Ich habe schon die Äpfel für den Kuchen besorgt. Wir essen jetzt. Tschau, Bravo.«

An diesem Abend ruft Fenna ihren Vater an. Emmie ist ausgegangen, so kann sie in Ruhe reden. Doch sie und ihr Vater haben sich nicht viel zu erzählen. Über Emmies Niedergeschlagenheit möchte Fenna ihm nichts sagen. Als sie ihn nach dem alten Album fragt, reagiert er ziemlich verlegen. Es stellt sich heraus, daß er es tatsächlich mitgenommen hat, und er verspricht, es zu suchen. Fenna hofft, daß er sich an sein Versprechen hält. Sie muß diese Fotos sehen.

Hazel und Jolanda beäugen sich gegenseitig. Fenna muß innerlich lachen. Sie schnüffeln nicht, aber sonst benehmen sie sich wie junge Hunde.

Offensichtlich gefällt beiden, was sie sehen. Jolanda lobt sogar Hazels Apfelkuchen, trotz der harten Kruste.

Sie sprechen über Wahrheit und Trauen. Ein Spiel, das alle spielen. Man muß entweder eine Frage wahrheitsgetreu beantworten oder einen Auftrag ausführen. Hazel tut so, als fände sie das Spiel kindisch, dann stellt sich aber heraus, daß sie es in der Schule auch manchmal spielt.

»Ich wähle immer Wahrheit«, sagt sie. »Ich bin ehrlich.«

Prompt fragt Jolanda: »Wahrheit oder Trauen?«

»Wahrheit«, sagt Hazel grinsend.

»Wie findest du Fenna?« fragt Jolanda.

Hazel zögert nicht. »Das habe ich ihr schon gesagt: Brav. Jetzt du: Wahrheit oder Trauen?«

Jolanda wählt Trauen, und Hazel schickt sie in Emmies Behandlungsraum.

»Das geht nicht«, sagt Jolanda. »Dann kriege ich Krach mit ihrer Mutter.«

Hazel blickt sie triumphierend an.

»Nur diesmal«, sagt Fenna. »Sie ist ja nicht da.«

Zu dritt gehen sie hinunter. Jolanda nimmt einen Probelippenstift. »Darf ich?«

Fenna hebt die Schultern. »Wenn's unbedingt sein muß.«

Jolanda und Hazel machen sich zurecht. Dann dreht Jolanda sich zu Fenna um und fragt: »Wahrheit oder Trauen?«

»Wahrheit«, sagt Fenna.

»Wie sehen wir aus?«

Jolanda sieht unmöglich aus, und Hazel gut. Das sagt Fenna auch.

Jolanda wischt sich das Gesicht ab. »Ich kann das einfach nicht. Ob deine Mutter mich wieder mal schminkt?«

»Wenn sie uns jetzt nicht erwischt, vielleicht schon«, sagt Fenna.

Hazel fängt an, sich abzuschminken.

»Laß doch«, sagt Fenna. »Sie hat dich doch nicht kommen sehen. Du könntest ja schon so ausgesehen haben.«

»Wo ist sie eigentlich?« fragt Jolanda.

»Einkaufen.«

»Aha, also nicht auf der Suche nach ihrer Vergangenheit.« Jolanda weiß über Emmies Fahrten Bescheid. Sie hat schrecklich gelacht, als sie hörte, daß Fenna an allem schuld war. »Das sieht Fenna ähnlich«, sagt sie jetzt zu Hazel. »Weißt du, daß sie auch immer halbtote Vögel rettet? Und Spinnen aus dem Zimmer ins Freie trägt?«

Beide betrachten Fenna, als wäre sie eine seltene Pflanze. Fenna läßt sich's gefallen.

In der folgenden Woche fahren sie zu Mirjam. Jetzt ist deutlich zu sehen, daß es Herbst ist. Zum Glück macht Emmie keine Bemerkungen über Tod und gestorbene Dinge. Sie ist ein bißchen nervös.

»Ob ich noch alles wiedererkenne?« fragt sie.

»Es hat sich fast nichts verändert«, sagt Hanna. »Als meine Mutter noch dort wohnte, habe ich sie oft besucht. Dann ging ich auch manchmal zu Mirjam. Das ist zwar schon einige Zeit her, aber es sollen inzwischen nur ein paar neue große Häuser gebaut worden sein. Teuer soll es inzwischen auch sein. Viele Ärzte. Mirjams Mann ist übrigens Psychologe. Er heißt Gerard. Hinter dem Bauernhof haben sie noch ein Haus gebaut. Dort arbeitet er mit seinen Gruppen.«

»Gruppen?« fragt Hazel.

»Ja, Leute, die unter seiner Leitung etwas lernen oder verlernen. Sie setzen sich eine Woche in den Wald und wissen anschließend, wie's laufen soll. Gruppen aus Betrieben kommen zu ihm, manchmal auch Lehrer und Leute, die nicht wissen, ob sie sich scheiden lassen wollen oder nicht. Mirjam kocht für sie. Man wird dort rundum versorgt, aber das kostet auch was. Aus Nächstenliebe macht Gerard nichts.«

Hanna ist ungewohnt redselig. Vielleicht ist auch sie ein bißchen nervös. Emmie fragt, ob noch viele Leute von früher im Dorf wohnen. Viele Alte, meint Hanna.

»Sie wollen nicht weg, und ein Altersheim gibt es nicht. Susannes Eltern wohnen auch noch da. Mirjams Eltern sind tot. Deshalb hat sie auch das Haus geerbt. Der Vater und die Mutter von Els wohnen in Almere. Els hat den Kontakt zu ihnen abgebrochen.« Sie wendet sich an Fenna und Hazel: »Els schämt sich für sie, sie gehören eben nicht wie sie zur besseren Gesellschaft.«

»Wir doch auch nicht«, sagt Emmie.

Hanna lacht kurz. »Aber uns macht das nichts aus.«

Fenna schaut aus dem Fenster. Dorf? denkt sie. Hier sieht es eher wie in einem Kurort aus. Entlang der Straße stehen prächtige Bäume und schöne Häuser.

»Schauen wir uns auch *dein* altes Haus an«, fragt sie Emmie.

»Wenn sie den Weg noch weiß«, sagt Hanna.

Emmie nickt und biegt nach rechts ab. »Natürlich weiß ich den noch. Diese Straße, das vierte Haus auf der linken Seite. Nummer zwölf.«

Sie halten an. Emmie seufzt. »Dieses Fenster da oben, da war mein Zimmer. Und die Kastanie steht auch noch! Wie oft bin ich da runtergefallen. Wir konnten nie abwarten, bis die Kastanien von allein runterfielen. Wir sind in den Baum geklettert und haben sie gepflückt. Und was haben wir damit gemacht? Zwei Abende lang Püppchen gebastelt. Die übrigen Kastanien standen monatelang in einem Eimer herum und vertrockneten.«

Hanna sagt: »Nachdem du weg warst, bekam ich den Auftrag, nachts auf den Baum zu steigen, ohne daß die neuen Bewohner es merken. Ich erinnere mich noch, wie ich in ihr Schlafzimmerfenster starrte. Ich hatte eine Todesangst.«

»Auftrag?« fragt Emmie.

Hanna schweigt.

»Sieht so aus, als hättet ihr Wahrheit oder Trauen gespielt«, sagt Hazel.

Hanna schaut sich wütend um. »Ich kann dieses idiotische Spiel nicht ausstehen! Die blödesten Sachen macht man nur, weil ein anderer es verlangt. Hört bloß damit auf!«

»Na ja«, sagt Emmie beruhigend. »So schlimm ist es ja nicht.«

Hanna schaut hinaus, und Fenna fragt sich, warum sie sich so aufregt. So ganz unrecht hat sie allerdings nicht. Fenna und Jolanda haben erlebt, wie ein Mädchen unter den Augen des Englischlehrers ihre Bluse aufknöpfte, nur weil sie einen Trauen-Auftrag hatte.

»Mir reicht's«, sagt Emmie. »Kann man noch immer durch die Vlierlaan zu Mirjam?«

»Ja, immer noch«, sagt Hanna. Ihre Stimme klingt abwesend, und ihr Rücken sieht böse aus.

Die Straße endet in einem schmalen Waldweg. PRIVATBESITZ steht auf einem Schild, daneben THERAPEUTISCHES AUFBAUZENTRUM DE VLIER: Dann ein großes Tor. Es ist offen. Vor ihnen liegt ein prächtiges Bauernhaus, umgeben von einer Weide mit zwei Pferden. Hinter dem Bauernhaus steht ein Gebäude, dann fängt gleich der Wald an. Wieder treffen sie auf Hinweisschilder: Jedermann ist willkommen, Besucher des Therapeutischen Aufbauzentrums De Vlier werden gebeten, ihre Autos auf dem Parkplatz hinter dem Haus abzustellen.

Ein ungefähr zehnjähriges Mädchen kommt ihnen entgegen und hält ihnen die Autotür auf.

Ein richtiges Dorfmädchen. Sie hat blonde Zöpfe und lacht freundlich. »Wollt ihr zu Mama? Kommt rein, es gibt Holundersaft und Torte.« Sie läuft voraus.

»Mama! Der Besuch ist da!«

Eine Frau kommt ihnen entgegen. Man sieht, daß sie die Mutter des Mädchens ist. Das gleiche Lachen, die gleichen blonden Haare, nur kurz geschnitten. Wieder hört Fenna Ausrufe wie: »Schön, dich zu sehen«, und: »Du hast dich gar nicht verändert.«

»Hallo, Fenna. Schön, dich kennenzulernen.«

Kein seltsamer Blick wegen ihres Namens trifft sie. Mirjam kennt ihn schon. Jemand muß ihr davon erzählt haben. Hanna nicht, da ist Fenna sicher. Aber sie kann nicht sehen, wie Hanna reagiert, denn die geht schnell voraus.

Mirjam zeigt ihnen im Vorbeigehen, was alles umgebaut wurde. Das Haus ist nur noch äußerlich ein Bauernhof. Innen gehen die Räume ineinander über, und alles ist kühl und hell eingerichtet. Die große Küche erinnert an eine Hotelküche.

»Hier arbeite ich«, sagt Mirjam. »Wenn Gerard Gruppen hat, koche ich. Dieser Mikrowellenherd hier ist ganz neu.«

»Was tust du, wenn er keine Gruppen hat?« fragt Hanna. »Früher hast du schöne Keramik gemacht.«

»Dann ruhe ich mich aus«, sagt Mirjam fröhlich. »Und wenn ich ausgeruht bin, töpfere ich. Setzt euch doch.«

Das Mädchen schenkt Holundersaft ein.

»Schmeckt lecker«, sagt Fenna. »Wie heißt du eigentlich?«

»Oh! Das habe ich ganz vergessen. Ich bin Jiske. Mein Bruder heißt Dan, aber der ist weg, ein gebrauchtes Moped kaufen.«

Mirjam schüttelt sich. »Mistdinger sind das. Und meiner Meinung nach ist sechzehn viel zu jung für sowas.«

Fenna findet Mirjam sympathisch. Während Emmie sich mit Mirjam unterhält, schaut Fenna sich um. Auf dem Schrank steht ein großes Foto von Jiske. Fotos. Fenna nutzt eine Gesprächspause und fragt Mirjam: »Haben Sie noch Fotos von früher, als meine Mutter klein war?«

Mirjam schaut sie erstaunt an. »Ich hatte noch ein Album, aber ich weiß nicht mehr, wo es ist.«

»Ich schon«, sagt Jiske. »Es liegt auf dem Dachboden.«

Sie geht und kommt mit einem alten Album zurück. Mirjam nimmt es und legt es auf den Tisch. Fenna blättert vorsichtig.

»Schau«, zeigt Mirjam, »deine Mutter und ich im Sandkasten.«

Fenna betrachtet das Foto mit dem gezackten Rand. Zwei Kinder im Sand. Mirjam lacht, und Emmie sieht bedrückt aus.

»Ihr seht euch immer noch ähnlich«, sagt Fenna.

Sie schlägt noch ein paar Blätter um.

»Das ist Hanna«, erklärt Mirjam. »Siehst du die Flekken auf ihrem Kleid?«

»Du hast dich überhaupt nicht verändert, Mam«, sagt Hazel lachend.

»Ich habe dieses Kleid gehaßt«, erzählt Hanna. »Deshalb habe ich es so schnell wie möglich dreckig gemacht ... In der Hoffnung, ich dürfte dann was anderes anziehen.«

Mirjam tippt mit dem Finger auf ein Foto. »Das sind wir alle zusammen. Erkennt ihr uns?«

Fenna und Hazel betrachten aufmerksam das Bild. Drei Mädchen stehend, drei Mädchen sitzend, in einem sonnigen Garten.

Fenna deutet auf das Mädchen, das links auf dem Boden sitzt. »Das ist Emmie. Und diese ist Hanna, und die anderen . . .«

»Links steht Els«, sagt Mirjam. »In der Mitte sitzend, das bin ich, und neben mir sitzt Susanne.« Eine übersieht sie. Das muß sie also sein, Fenna die Erste.

Sie schaut direkt in die Kamera. Ihre Haare sieht man kaum, sie sind streng nach hinten gekämmt. Sie hat einen ernsten Ausdruck im Gesicht. Fühlte sie, daß sie nicht mehr lange zu leben hatte? Jedenfalls sieht sie vernünftiger aus als die anderen.

»Wie alt wart ihr damals?« fragt Fenna.

»Ungefähr dreizehn«, antwortet Mirjam.

Emmie nickt. »Das stimmt. Ich hatte mir die Ponys selbst geschnitten, sie waren gerade wieder etwas länger geworden. Meine Eltern konnten Ponys nicht leiden, sie fanden das ordinär.«

Fenna betrachtet Fenna 1. Zu diesem Zeitpunkt hatte sie keine zwei Jahre mehr zu leben.

»Sie sieht aus, als hätte sie das gewußt«, sagt sie.

»Was gewußt?« fragen Hanna und Mirjam gleichzeitig.

»Nun, eh . . . daß sie nicht mehr lange eh . . .« stottert Fenna.

Hazel beendet ihren Satz. »Daß sie sterben müßte.«

Mirjam bedeckt das Foto mit der Hand. »Unsinn! Ihr redet blödes Zeug«, sagt sie kühl. Sie schlägt das Album zu.

Hanna geht zum Fenster und schaut hinaus. »Alte Fotos«, murmelt sie. »Ich mag sie nicht.«

Emmie seufzt. »Ihr habt das alles mitgemacht, und ich war nicht dabei. Ich habe euch im Stich gelassen.«

Hanna sagt: »Hör doch auf mit diesem schuldbewußten Getue. Sei froh, daß du nicht dabei warst, dein Leben wäre . . .«

Sie spricht ihren Satz nicht zu Ende. Fenna findet sie ziemlich unfair. Schließlich hat sie Emmie Vorwürfe gemacht. Fenna bedauert, daß sie das Foto nun nicht mehr anschauen kann. Sie fühlt sich Fenna 1 auf einmal viel näher. Sie fragt sich, ob Hazel auch so empfindet.

Doch Hazel hat etwas anderes im Kopf. Sie wird rot und schaut zur Tür. Dort steht ein Junge und betrachtet die Gäste. Er ist blond, und außerdem sieht er auch noch gut aus.

»Ich hab's gekriegt«, sagt der Junge zu Mirjam. »Und der Preis war in Ordnung.« Erst dann begrüßt er die anderen.

»Ich bin Dan.«

Fenna schaut Hazel erstaunt an. Sie benimmt sich wie ein schüchternes Mädchen. Die Augen gesenkt, die Stimme zwei Töne höher.

Dan fragt, ob seine Mutter das Moped sehen will.

»Das werde ich wohl müssen«, seufzt Mirjam. »Kommt ihr auch mit? Dann zeige ich euch gleich Gerards Praxisräume.«

Für Fenna ist ein Moped einfach ein Moped, aber Hazel stellt eine Menge Fragen, die Dan geduldig beantwortet. Innerlich ist er allerdings nur mit dem Ding beschäftigt, das merkt Fenna sofort. Er zeigt stolz alle möglichen Extras, die er praktisch umsonst dazubekommen hat.

Mirjam läuft um das Moped herum und sagt zu Jiske, sie solle ja nie auf das Ding steigen.

»Will ich gar nicht«, sagt sie. »Da ist Papa. Papa! Schau mal, was Dan gekauft hat!«

Im Gegensatz zu seiner Familie ist Gerard nicht blond. Er war es vielleicht mal, aber jetzt ist er kahl. Er trägt eine runde Brille mit dicken Gläsern und betrachtet die Welt mit freundlichen Blicken. Doch diese Freundlichkeit steckt nur in der Brille, denn schon fängt er an, Dan zu verhören. Wie ein Hausmeister in der Schule, denkt Fenna.

Er will genau wissen, wieviel Dan bezahlt hat und ob er auch nicht reingelegt worden ist. Dan sagt, das glaube er nicht. Der Junge, von dem er das Moped habe, wolle nach Amerika und brauche Geld.

Fenna ist erstaunt, daß Dan das alles seinem Vater bestimmt viermal erzählen muß. Das ist kein Hausmeister, das ist ein Richter.

Mirjam und Jiske wundern sich nicht, sie sind das offenbar gewöhnt.

»Soll ich deine Therapieräume zeigen?« fragt Mirjam. Gerard will sie selbst herumführen. Dan bleibt bei seinem Moped, und Hazel schaut sich zweimal um.

Gerard ist wirklich herzlich. Alles scheint ihn zu interessieren. Was für Schulen Fenna und Hazel besuchen, was Emmie und Hanna arbeiten und ob sie Mirjam verändert finden.

»Kaum«, sagt Emmie. »Sie kocht jetzt für deine Gruppen. Sie war schon damals die erste, die eine ganze Mahlzeit auf den Tisch stellen konnte, als wir kaum ›Arme Ritter‹ backen konnten. Komisch, wenn jemand, den man als kleines Mädchen gekannt hat, plötzlich Mutter ist. Aber so geht's den anderen mit mir natürlich auch.«

»Du findest sie also wirklich nicht verändert?« fragt Gerard noch einmal. »Das Leben verändert einen doch. Es gibt so viele Dinge, die ein Mensch lernen muß.«

Letzteres sagt er zu Fenna und Hazel. Fenna weiß nicht, wie sie sich diesem Mann gegenüber verhalten soll.

Hazel hilft ihr auch nicht, die schaut immer zur Tür.

Sie betrachten Gerards Therapie-Räume. Er erzählt, daß die Kinder hier manchmal ein Fest machen. »Hier übernachten oft Leute. Vielleicht solltet ihr auch mal kommen.« Er kneift in Fennas Wange. »Das würde ihr guttun.«

»Wir?« fragt Hanna.

Fenna sieht, daß sie versucht, Mirjams Blick aufzufangen, aber Mirjam schaut zu Boden und sagt: »Das wäre schön. Platz ist genug.«

Es klingt nicht als würde sie es ernst meinen.

Hazel ist begeistert. »Ich liebe die Natur.«

Das ist Fenna bisher noch nicht aufgefallen, aber es wird wohl etwas mit Dan zu tun haben. Sie selbst würde auch gern kommen. Natürlich nicht wegen dieses Jungen, der gerade ein Moped gekauft hat, sondern eher wegen Fenna 1, an die sie immer wieder denken muß. Hier hat sie gelebt. Vielleicht kann man hier dann mehr über sie erfahren.

»In zwei Wochen sind Herbstferien«, sagt Hazel träumerisch.

»Prima«, sagt Gerard. »Dann kommt einfach.«

Emmie und Fenna werfen sich einen Blick zu. So schnell haben sie noch nie die Ferien organisiert.

Mirjam und Hanna gehen voraus und reden leise untereinander. Fenna versucht, etwas aufzuschnappen. Das gelingt aber nicht, denn Gerard redet dauernd auf sie ein. Hazel verrät, daß Fenna Psychologin werden will, gleich erkundigt er sich, ob sie sich da auch sicher ist.

Worüber reden die beiden Frauen vor ihr? Sehr fröhlich klingen ihre Stimmen nicht. Fenna hört, wie Hanna sagt: »Mach dir keine Sorgen, Mirjam.«

Sorgen? Worüber?

In dieser Nacht träumt Fenna von Dan. Er fährt auf seinem Moped, Fenna 1 sitzt hinten drauf.

»Ich fliege«, ruft sie. »Ich fliege aus dem Dorf weg. Soll ich Kastanien für dich mitbringen?«

»Ja«, ruft Fenna zurück.

Dan hebt die Hand hoch. »Wahrheit oder Trauen?« fragt er.

Dann verschwinden beide in den Wolken.

Fenna wacht auf, trinkt einen Schluck Wasser und sagt laut: »Wahrheit.«

6

Die Träume über Fenna 1.

Fenna richtet sich im Bett auf. Diesmal haben sie zusammen Hausaufgaben gemacht, und sie waren in allem gleich gut. Fenna 1 schrieb mit einer goldenen Feder. Als sie fertig waren, sagte sie:

»Ich erzähle dir was über den Waldbrummer.«

»Über den Waldbrummer?« fragte Fenna.

Fenna 1 band ihre Haare auf. »Der Waldbrummer ist ein Junge, der mit seinem Moped im Wald herumfuhr und nie mehr zurückkam. Seither lebt er von Beeren und Nüssen. Seine Eltern trauern um ihn und sein Mädchen auch.«

»Wer?« fragte Fenna. »Hazel?«

Fenna 1 lachte und verschwand langsam hinter ihren Haaren.

»Erzähl weiter!« rief Fenna.

Aber die andere war schon verschwunden.

»Du siehst müde aus«, sagt Emmie. »Ich habe dich heute nacht gehört. Grübelst du über etwas nach?«

Fenna fragt, wann Els kommt. Els hat angerufen und einen Termin mit ihrer »alten neuen Freundin« ausgemacht.

»Übermorgen.«

»Hoffentlich läßt sie den Hund zu Hause«, sagt Fenna.

Das Telefon klingelt. Niemand antwortet.

»Hallo?« sagt sie noch einmal. »Hier ist Fenna.«

Von weitem hört sie etwas, was wie Atmen klingt, das ist alles. Fenna hängt den Hörer auf.

»Das war gestern schon mal. Meinst du, wir haben einen Telefonspanner?«

Emmie sagt, es handle sich hoffentlich nur um eine falsche Verbindung.

»Bei Jolanda hatten sie mal einen«, sagt Fenna. »Ihre Mutter hat dann einmal ganz laut ins Telefon gepfiffen, da war's vorbei. Freust du dich auf die Ferien?«

Emmie denkt einen Moment nach. »Ich würde gern mal was anderes sehen. Dir hat es dort doch auch gefallen? Die Kinder waren nett, oder?«

»Die schon, aber ich weiß nicht, ob Mirjam das will.«

Emmie schaut sie verständnislos an.

»Na ja«, fährt Fenna fort. »Ich finde, sie benehmen sich alle sehr seltsam, mit meinem Namen und so. Als hätte der nichts mit mir zu tun, verstehst du?«

Emmie will nicht kapieren, was sie meint. Fenna gibt es auf. »Laß nur. Ist sie eigentlich manchmal mit einem Moped gefahren?«

»Wer?«

»Fenna, die von damals.«

Emmie schüttelt den Kopf. »Natürlich nicht, sie war noch keine fünfzehn, als sie starb, das weißt du doch. Warum fragst du?«

»Och, ich habe so was geträumt.«

Emmie lacht. »Das liegt sicher an Dan. Ein hübscher Junge, nicht wahr?«

»Es geht«, murmelt Fenna.

»Du kommst in den Ferien zu mir«, sagt Fenna 1 froh. »Sollen wir Telefonpfeifen spielen?«

»Darfst du das mit deinem Herzfehler?« fragt Fenna.

»Aber dazu brauche ich doch die Lippen und nicht mein Herz«, sagt Fenna 1. »Dort sind Hazel und Dan. Warum sagt Hazel nichts?«

»Körpersprache«, antwortet Fenna.

Hazel und Dan tanzen nach der Musik von Bob Marley.

»Der ist auch tot«, sagt Fenna 1 heiter. »Wir haben es ganz gemütlich, aber du darfst noch nicht mit.«

Sie rennt weg. Hazel und Dan sind auch nicht mehr da.

»Bleib hier!« ruft Fenna. »Ich will nicht allein sein.«

Aber um sie herum ist nur noch Wald, und niemand, mit dem sie reden könnte.

Tränen laufen über Fennas Gesicht. Sie knipst die Nachttischlampe an und schaut sich erleichtert in ihrem Zimmer um.

»Jetzt habe ich die Nase voll«, sagt sie laut. »Ich will von Marilyn träumen. Daß sie glücklich war und keine Tabletten schlucken mußte.«

Els sitzt im Zimmer und trinkt Kaffee. Sie wurde gerade von Emmie behandelt, aber Fenna kann absolut keinen Unterschied zu vorher feststellen. Auch da war ihr Make-up perfekt.

Els redet davon, wie entspannt sie sich jetzt fühlt und hält ihren Kopf so starr, als habe sie Angst, er könne ihr runterfallen.

»Ich habe gehört, daß ihr ein paar Tage zu Mirjam fahrt. Wie kam das denn so plötzlich?«

»Gerard hat uns eingeladen«, sagt Emmie.

»Oh, also nicht Mirjam, sie nicht«, murmelt Els.

»Was hast du gesagt?« fragt Emmie.

»Nichts. Wie hat es euch dort gefallen? War es nicht komisch für dich, Fennie, die Heimat deiner Mutter zu sehen?«

»Fenna!« sagt Fenna. »Ich finde es sehr schön da, ich bin sehr gespannt auf den Wald. Ihr habt dort oft gespielt, nicht?«

Els nimmt einen Schluck und schaut aus dem Fenster. »Es ist alles schon so lange her. Ich erinnere mich nicht mehr genau.«

»Erinnerst du dich noch, wie wir Räuber und Gendarm gespielt haben?« fragt Emmie. »Damals waren wir noch ziemlich klein. Wir haben oft Grabenspringen geübt. Später haben wir dann unsere erste Zigarette geraucht. Und die Waldhütte! Erinnerst du dich noch an die Waldhütte?«

Els verschüttet etwas Kaffee. »Das gibt schreckliche Flecken. Soll ich ein Tuch holen?«

Emmie geht in die Küche, kommt mit einem Waschlappen zurück und redet einfach weiter.

»Im Wald stand eine gelbe Holzhütte für die Waldarbeiter. Sie stellten sich dort unter, wenn es regnete, oder tranken Kaffee. In der Hütte lag auch Werkzeug herum. Susanne hatte den Schlüssel geklaut. Ihr Vater arbeitete in der Forstverwaltung, deshalb wußte sie auch immer, wann die Bude frei war und wir hinein konnten. Hanna hat mal eine Flasche Sherry mitgebracht. Was war uns schlecht!«

Els sagt, sie sei nicht oft in der Hütte gewesen.

Emmie hat den Kaffeefleck entfernt und schenkt noch einmal ein. »Wieso? Wir waren doch alle oft dort. Sogar Fenna, wenn sie ihren Eltern entwischen konnte.«

»Manchmal?« sagt Els. »Oft! Du denkst wohl, daß du alles weißt, aber ich war mit ihr in der Geigenstunde, und die hat sie geschwänzt. Sie ließ sich nicht von ihren Eltern in Watte packen, verstehst du!«

Das wird interessant. Fenna beugt sich vor und fragt: »Wie hat sie das gemacht?«

Els überhört ihre Frage, zieht ihren weißen Rock glatt, und der günstige Moment geht vorbei. Dann erzählt sie vom Golfclub, bei dem sie gerade Mitglied geworden ist.

Fenna versucht es noch einmal. »War das schön, gemeinsame Geigenstunden?«

Els ist gerade mitten in einem Bericht über idealen Rasen und hört sie nicht.

Als sie weggeht, verspricht sie, in Zukunft Emmies Kundin zu werden. »Meine eigene Kosmetikerin! Was für ein Luxus!«

Fenna schaut zu, wie Els Emmie küßt, ins Auto steigt und wegfährt.

Eigene Kosmetikerin, denkt sie . . . Emmie gehört sich selbst. Und mir.

»Hast du das gehört?« sagt sie zu Emmie. »Fenna war gar nicht lieb und gehorsam.«

Emmie räumt die Tassen auf. »Els war immer ein bißchen eifersüchtig auf sie. Weil Gustav Fenna lieber mochte, obwohl sie die Geigenstunde geschwänzt hat.«

»Wer ist denn das schon wieder?« fragt Fenna. »Von dem hast du noch nie erzählt.«

»Ein Wunderkind. Gustav war ein echtes Wunderkind, mit Konzerten und so. Als wir ihn kennenlernten, war das schon vorbei. Dreißig war er, und schön! Wir waren alle verrückt nach ihm. Ich wollte sofort Geigenunterricht nehmen! Aber als er sagte, dann müßte ich erst Blockflöte bei seiner Schwester lernen, verging mir die Lust. Er wohnte zusammen mit seiner Schwester, noch ein ganzes Stück weiter weg als Mirjam. Der Wald lag dazwischen. Im Winter, wenn keine Blätter an den Bäumen waren, hingen wir mit einem Fernglas am Fenster, um irgendwas von ihm zu sehen. Und wie eifersüchtig wir auf Fenna und Els waren. Jede Woche gingen wir hin, angeblich, um sie vom Unterricht abzuholen. Die ganze Stunde warteten wir vor seinem Tor. Ich glaube nicht, daß er sich sehr wohl dabei fühlte. Einmal hat sich Hanna buchstäblich vor seine Füße geworfen. Sie tat, als hätte sie sich den Knöchel verstaucht. Er half ihr auf und ging einfach weiter.«

So etwas würde Hazel auch tun, denkt Fenna. Sich genau vor Dans Moped werfen. Da läutet das Telefon, sie schauen einander an.

»Laß mich mal«, sagt Emmie. »Hallo«, sagt sie kühl. Dann: »Ach, du bist es. Nein, wir haben, glaube ich, einen Telefonspanner. Ja, manche Menschen sind wirklich seltsam. Was sagst du? Woher weißt du das? Nein, wir sind einfach eingeladen worden. Wir haben uns nicht aufgedrängt.«

Emmie zieht die Augenbrauen zusammen.

»Wovon redest du? Ich versteh dich nicht. Ist was mit dir? Du klingst so . . . Ach, Mensch. Warum gehst du nicht mal aus? Sogar der HERR ruht am Sonntag. Nein, das meine ich nicht böse. Els war gerade hier, komm doch auch mal vorbei.«

Emmie hört noch eine Weile zu, dann legt sie auf.

»Mein Gott, wenn ich es nicht besser wüßte, würde ich sagen, Susanne war total blau. Sie klang so seltsam und wollte wissen, ob ich das richtig fände, Mirjam zu besuchen.«

»Woher weiß sie davon?« fragt Fenna.

»Von Mirjam. Sie telefonieren ziemlich viel miteinander, findest du nicht?«

Es ist Dienstagmorgen. Hazel allein hat schon zwei Taschen. Mit ihren vier Schlafsäcken und dem anderen Gepäck sieht es so aus, als wollten sie eine Klassenfahrt machen.

»Was hast du denn alles eingepackt?« fragt Fenna.

»Anziehsachen.«

»Vielleicht ist Dan gar nicht da«, sagt Fenna.

Hazel versetzt ihr einen Stoß. »Wart ab, bis du dem Wahren begegnest! Dann wirst du mich verstehen.«

»Findest du das Wahre nicht beim Theaterspielen?« fragt Fenna.

»Nein, da muß ich mich selbst finden.«

Fenna hält das Gegenteil für richtiger: beim Theaterspielen das Wahre und im Leben sich selbst. Hazel biegt alles so hin, wie es ihr paßt. Es ist besser, ihr dabei nicht in die Quere zu kommen.

Fenna schaut hinaus. Was will sie selbst eigentlich?

Wissen will sie, das ist alles.

Von Jiske werden sie genauso herzlich empfangen wie beim ersten Mal. Mirjam sieht müde aus. Gerard und Dan sind zu einer Ausstellung gefahren und wollen erst abends zurückkommen.

Fenna ist die einzige, die Hazels enttäuschtes Gesicht versteht. Ihr selbst macht es zum Glück nichts aus.

Sie richten sich in Gerards Haus ein. Mirjam und Jiske helfen ihnen, einen Platz für ihre Schlafsäcke zu finden. Emmie und Hanna unten, Fenna und Hazel oben. Jiske fragt, ob sie bei ihnen schlafen darf, Hazel ist es egal, und Fenna findet es schön. Sie mag Jiske.

Fenna steht am Fenster und schaut zum Wald. Sie sieht das Haus nicht, aber es sind auch noch zu viele Blätter an den Bäumen.

»Wohnt Gustav dort drüben?« fragt sie.

Mirjam stellt sich neben sie. »Wer hat dir von ihm erzählt?«

»Ich«, sagt Emmie. »Wohnt er noch immer mit seiner Schwester zusammen? Oder lebt er inzwischen mit einer anderen Frau?«

Hanna sagt, eine andere Frau gäbe es nicht. Wenn Gustav mit jemandem zusammenleben würde, wäre das ein Mann.

»Ach ja«, sagt Emmie. »Dann haben wir uns ganz umsonst so angestrengt?«

»Und was uns alles eingefallen ist«, sagt Hanna und grinst. »Stundenlang habe ich ihm vor seinem Haus aufgelauert.«

Mirjam erzählt, daß Gustav sie oft besucht. »Ich werde ihn diese Woche einladen. Er ist wirklich ein ganz Lieber. Er hat sich halb totgelacht, als ich ihm irgendwann von unserer Schwärmerei erzählt habe.«

»Redest du viel mit ihm über früher?« fragt Hanna mißtrauisch. »Was erzählst du ihm denn so?«

Mirjam geht die Treppe hinunter. »Och, wir reden über alles mögliche. Kommt ihr mit?«

Fenna schaut noch einmal aus dem Fenster. Diese Hanna!

Fenna, Emmie, Hanna und Jiske gehen durch den Wald. Die Wege sind schon mit Blättern bedeckt. Jiske stapft darin herum.

»Wo ist nur die Hütte?« fragt Emmie. »Hier muß sie doch irgendwo sein.«

»Etwas weiter vorn«, sagt Hanna. »Willst du sie unbedingt sehen?«

Emmie geht voraus. »Ich sehe sie!« sagt sie.

Es ist eine kleine fahlgelbe Holzhütte.

»Sie sieht so anders aus«, sagt Emmie enttäuscht. »Kleiner und grauer.«

Hanna verzieht das Gesicht und dreht sich um. »Gehen wir wieder zurück?«

Emmie rüttelt an der Tür. »Ich frage mich, ob auch jetzt noch Kinder heimlich hierher kommen.« Hanna hört nicht mehr zu. Sie geht einfach weiter. Emmie wirft noch einen Blick auf die Hütte, dann kommt sie nach.

»Dan hat einen Schlüssel«, flüstert Jiske. »Nicht verraten, ja? Er kommt manchmal her, wenn er allein sein will. Papa und Mama dürfen das nicht wissen. Mama würde bestimmt wütend. Sie kann den Wald nicht leiden. Früher durfte ich hier nie spielen. Bestimmt hat sie Angst gehabt, ich könnte mich verirren. Aber ich kenne alle Wege, und sie geht nie in den Wald. Gut riecht es hier, nicht? Den Herbst mag ich lieber als den Sommer. Im Winter ist es hier besonders schön. Dann mußt du auch mal kommen. Wenn ich groß bin, will ich hier wohnen.« Auf einmal bleibt sie stehen und sagt traurig: »Aber was ist dann mit Dan? Er sagt, das Dorf wäre blöd und er würde für immer wegziehen. Dann sehe ich ihn nie wieder.«

»Aber natürlich«, sagt Fenna. »Du kannst ihn ja besuchen.«

Jiske seufzt. »Das stimmt«, sagt sie dann wieder fröhlich. »Und wenn seine Frau nicht nett ist, schicke ich sie einfach weg.«

Fenna lacht. Dans Frau.

Fenna sitzt am offenen Kamin. Sie braten Äpfel. Dan und Gerard erzählen von der Ausstellung. Das heißt, Gerard erzählt, und Dan fügt manchmal etwas hinzu.

Hazel hat sich umgezogen und trägt einen gestreiften Rock. Miß Dorf.

»Erzähl doch noch ein bißchen von der Ausstellung«, bittet sie Dan. »Sie scheint sehr interessant gewesen zu sein.«

Statt Dan fragt Gerard: »Interessierst du dich für herbstliche Collagen?«

Ohne rot zu werden sagt Hazel: »Pilze und Blätter, das ist großartig.«

Sie schaut Dan an. »Kannst du mich nicht mal mitnehmen? Ich mag die Natur.«

Hanna hüstelt, aber sie ist nett und sagt nichts.

Fenna kann sich nur mit Mühe beherrschen. Hazel und Natur, na so was!

Hazel hört nicht auf zu reden. Sie erzählt, wie sie früher mit ihrer Oma in den Wald ging und mit ihr Blätter und so was sammelte. »Ich mußte zu meiner Oma, weil meine Mutter gearbeitet hat, und einen Vater gab es nicht.«

Hanna stöhnt leise auf. Gerard hat endlich etwas gefunden, über das er sich verbreiten kann. Ob es nicht schwierig sei, ein Kind allein aufzuziehen, fragt er Hanna. Er halte das für ein Problem.

Hanna will nicht darüber reden, aber Hazel kommt das Thema gerade recht.

»Für mich ist es sehr schwierig. Alle Kinder haben einen Vater.«

Als ob sich nie jemand scheiden lassen würde, denkt Fenna.

Dan steht auf und verläßt das Zimmer. Ob er schon schlafen geht?

Nein, sie hören die Haustür klappen.

»Ich gehe noch frische Luft schnappen«, sagt Hazel.

»Warte! Ich auch.« Fenna rennt hinter ihr her.

»Was willst du denn?« fragt Hazel, als sie zusammen hinausgehen. »Oh, da steht er.«

Sie deutet auf Dan, der sich über den Weidenzaun beugt.

Es ist ziemlich dunkel, und sie müssen vorsichtig gehen. Fenna stolpert über einen Stein, aber sie fällt nicht.

Dan dreht sich um. »Wer ist da?«

»Wir«, sagt Hazel. »Was für ein schöner Sternenhimmel.«

Das erinnert Fenna an ihren Vater, und kurz darauf reden sie und Dan über die Berufe ihrer Väter.

Vom Wald herüber klingt ein scharfer Schrei.

»Was ist das?« fragt Hazel, froh, daß sie die beiden anderen unterbrechen kann.

»Eine Eule«, sagt Dan.

Sie unterhalten sich noch eine Weile, dann sagt er, er gehe jetzt ins Bett. Fenna und Hazel bleiben noch.

»Danke«, sagt Hazel zu Fenna.

Fenna lacht. »Stell dich doch nicht so an. Ich bin keine Konkurrenz. Ich möchte doch nur mit ihm reden.«

Hazel rennt weg. »Fenna die Heilige. Wie man hört, war auch die vorige ein unschuldiges Lämmchen. Vielleicht hat sie dir das mit dem Namen vermacht.«

Hazel verschwindet im Haus, und Fenna rennt ihr schnell nach.

Allein im Dunkeln, das ist mehr was für Eulen.

Mirjam begleitet sie zu Gerards Haus. Fenna ist müde, aber sie will wach bleiben, bis Hazel und Jiske eingeschlafen sind. Bei Jiske geht das schnell, bei Hazel nicht.

»Bist du sauer?« fragt Fenna leise.

»Weißt du sicher, daß du keine Konkurrenz bist?« fragt Hazel ihrerseits.

»Ich verliebe mich nie.«

»Nie?« Hazel setzt sich auf. »Verrückt. Ich sehr oft.«

Einige Minuten später sagt sie: »Er ist sehr süß, nicht wahr?«

»Dan?« fragt Fenna.

»Wer sonst? Etwa sein Vater?«

»Du könntest auch *so* einen Vater haben«, sagt Fenna.

»Bah«, sagt Hazel laut. »Das glaube ich nicht.«

Jiske bewegt sich, und sie schauen beide, ob sie nicht aufgewacht ist. Zum Glück schläft sie weiter. Hazel wälzt sich im Bett.

»Morgen starte ich einen Angriff. Und wenn ich dafür zu einer Ausstellung über die Geschichte der Mopeds gehen muß. Gute Nacht, Bravo.«

»Wir beide sind Heilige«, sagt Fenna 1. »Das hast du von mir geerbt, ich kann nichts daran ändern. Oh, Dan sammelt Herbstblätter für uns.«

Fenna betrachtet die Pilze am Boden. Sie will einen abbrechen.

»Hör auf!« schreien Dan und Fenna 1 gleichzeitig. »Sie sind giftig!«

Dan nimmt Fenna 1 bei der Hand. Sie nicken feierlich und sagen, daß sie gehen.

»Wartet!« ruft Fenna.

Neben Fennas Bett steht kein Glas mit Wasser wie zu Hause, und es ist sehr dunkel. Haben sie sie gehört? Die Atemzüge neben ihr sind regelmäßig. Weiterschlafen, sagt Fenna zu sich selber. Aber es dauert lange. Sie versucht, an schöne Dinge zu denken, aber es spukt ihr zuviel im Kopf herum.

Die Eule schreit auch immer noch. Mitleidig denkt Fenna an all die armen Mäuse, die jetzt aufgefressen werden.

7

Gerard kneift in Fennas Wange. »Gut, daß du bei uns bist. Du siehst blaß aus.«

Fenna ist noch nicht richtig wach, und so viele Leute zum Frühstück ist sie nicht gewöhnt. Gerard hält seine Gabel mit einem Stück Butterbrot mit Apfelsirup hoch und sagt, die Luft hier sei nicht so verschmutzt wie anderswo.

»Hört mal! Ich habe eine Idee. Ihr könntet doch mal gemeinsam Wiedersehen feiern! Hast du nicht Lust, Mirjam, alle deine alten Freundinnen zusammen zu sehen? Wir haben doch Platz. Ich würde sie auch gern mal kennenlernen.«

Mirjam schaut ihn an, als hätte er soeben verkündet, der Dritte Weltkrieg sei ausgebrochen. »Du mit deinen Plänen! Und du bist dir auch noch sicher, daß sie jedem gefallen.«

Er nickt ihr unschuldig zu. »Ja, das bin ich.«

»Solche Treffen gehen immer schief«, sagt Hanna. »Alle haben einen Bauch, und der netteste Junge aus der Klasse ist glatzköpfig und langweilig.«

Gerard sagt, sie sollten noch einmal gründlich darüber nachdenken.

»Und was macht ihr heute?« fragt er Fenna und Hazel.

Fenna schaut zu Hazel hinüber, die, geschminkt und

zurechtgemacht, neben dem schweigenden Dan sitzt. Sie hat Gummistiefel an, obwohl es nicht regnet.

»Ich würde gern einen Waldspaziergang machen«, sagt Hazel zu Dan.

Er schaut nicht hoch. »Dann mach doch einen.«

»Willst du nicht mitkommen?« schmeichelt sie.

Er zuckt mit den Schultern.

»Ja, Junge«, sagt Gerard. »Zeige unseren Gästen doch mal unser schönes Dorf.«

Dan fügt sich lustlos.

»Kommst du auch mit?« fragt er Fenna.

Sie schaut Hazel fragend an und ärgert sich. Als ob sie fragen müßte! »Gern«, sagt sie.

»Daß du jetzt all die alten Plätze kennenlernst«, sagt Emmie träumerisch. »Schade, daß wir nicht in die Hütte konnten, gestern im Wald.«

»Hütte?« fragt Mirjam. »Seid ihr dort gewesen? Was hattet ihr da zu suchen?«

Sie hat einen verbissenen Zug im Gesicht. Gerard steht auf und drückt ihr einen Kuß auf den Nacken. »Dagegen ist doch nichts einzuwenden?«

Mirjam senkt den Kopf. »Nein, nichts.«

Er küßt sie nochmals auf die Wange und sagt, sie müsse ihre Abneigung gegen den Wald endlich mal überwinden. Dann geht er weg.

Mirjam schaut ihm nach. Sie sieht nicht glücklich aus.

Sie leihen sich Fahrräder von Mirjam und Jiske. Fenna muß Jiskes Kinderrad nehmen, weil sie die kleinste ist. Zu dritt radfahren ist nicht so schön. Es bedeutet, daß immer einer allein fahren muß. Es sei denn, die Straße ist breit genug, es gibt keine Autos und man ist tollkühn. Fenna ist nicht tollkühn. So kommt es, daß sie hinter Dan und

Hazel fährt. Sie muß sich abstrampeln, um nicht zurückzufallen.

Vor Emmies früherem Haus bleiben sie stehen, dann fahren sie in die Straße, in der Hanna früher gewohnt hat.

»Alte Häuser interessieren mich nicht«, sagt Hazel und steigt wieder aufs Rad.

Sie fahren an der Kirche und an zwei Schulen vorbei.

»Das war meine Schule«, sagt Dan, als sie vor der Gemeindeschule stehen.

Das Gebäude ist ziemlich klein und sieht freundlich aus. Zumindest für eine Schule.

»Toll! Eine richtige Dorfschule«, sagt Hazel.

Dan zuckt mit den Schultern. »Zum Glück ist die Stadt in der Nähe.«

»Ach?« sagt Hazel. »Du hast die Stadt lieber?«

Er antwortet nicht gleich. Fenna bekommt fast einen Krampf, so bemüht sie sich, das Lachen zu unterdrücken. Wie zieht sich Miß Dorf nun aus der Klemme? Doch Dan sagt, er fände beides schön.

»Ich möchte mir noch ein Buch von Gustav leihen, kommt ihr mit?« fragt er.

»Das ist doch der Mann, für den unsere Mütter so geschwärmt haben?« sagt Hazel.

»Meine Mutter war verrückt nach ihm«, sagt Dan. »Er ist aber auch sehr nett.«

»So.« Hazel schweigt einen Moment und sagt dann in einem völlig anderen Ton: »So.«

»Woran denkst du?« fragt Fenna.

»Also, meine Mutter war auch verrückt nach ihm.« Sie wirft Fenna einen bedeutungsvollen Blick zu. »Dann könnte es möglich sein, daß . . . Er ist viel älter, sehr nett, und ich liebe Musik.«

»Meinst du, *er* wäre dein Vater? Er liebt doch nur Männer?«

»Na und! Deshalb kann er doch ein Kind machen.«

Damit hat sie recht.

Zum erstenmal sehen sie Dan lachen. »Gustav kann nicht dein Vater sein.«

»Du hast wohl auch schon so viele Vorurteile«, sagt Hazel.

»Nein, aber es ist einfach unmöglich.«

Nun fährt Fenna neben Dan. Es hatte sich so ergeben. Sie hört fast, wie Hazel denkt: Hoffentlich fällt sie vom Rad.

»Hast du schon zwei Helme?« ruft Hazel.

Dan schaut sich nicht um. »Nein.«

»Was? Ich verstehe dich nicht!« Hazel versucht, mit ihrem Rad zwischen Dan und Fenna zu kommen.

Da stürzt Fenna tatsächlich. Die beiden anderen bleiben oben. Sie starren auf Fenna herunter. Sie muß gleichzeitig lachen und weinen, aber das Weinen unterdrückt sie. Zum Glück klappt es.

»Geht's?« fragt Hazel besorgt, als sie Fenna aufhilft. »Oder sollen wir dich nach Hause bringen. Du mußt nicht die Heldin spielen.«

Fenna macht ein fröhliches Gesicht. »Ich habe nichts.«

Sie fahren weiter. Dan fährt jetzt voraus.

Jiskes Rad knarzt, Fennas Knie knarzt auch.

»Das hast du schön hingekriegt«, sagt Hazel leise.

»Glaubst du etwa, ich hätte das mit Absicht getan? Du warst doch schuld.«

»Sorry«, sagt Hazel. »Ich glaube, du hast recht.«

Sie fahren vorbei an Sportplätzen, immer tiefer in den Wald. Als es nur noch Sträucher und schmale Seitenpfade gibt, steigt Dan ab und schiebt sein Rad durch die Sträucher. Fenna und Hazel schauen sich an.

»Ist Gustav etwa ein Zwerg?« fragt Hazel. »Wohnt er vielleicht in einem Baum oder einem Pilz?«

Dan legt sein Rad auf den Boden und bedeutet ihnen, dasselbe zu tun.

»Ich werde euch was zeigen.«

Stolz dreht er sich um: »Schön, was?«

Sie stehen vor einem Teich. Dan macht ein Gesicht, als habe er ihn selbst angelegt. Rund um den Teich stehen Bäume, einige Zweige hängen ins Wasser. In der Mitte ist eine kleine Insel. Die Bäume und Sträucher werfen lange Schatten über das Wasser. Enten schwimmen auf dem Teich, am Ufer stehen ein paar Bänke. Sie setzen sich.

»Das werde ich vermissen«, seufzt Dan.

Fenna lauscht den Vögeln und dem Gequake der Enten. Nach einer Weile fragt sie: »Wann gehst du aus dem Dorf weg?«

Dan streckt sich. »Weiß ich nicht. Bald, denke ich. Es ist wegen meines Vaters, und hier ist mir alles zu geregelt. Hier passiert fast nie was.«

»Dann mußt du in unsere Gegend ziehen«, sagt Hazel. »Hast du schon mal einen Junkie in echt gesehen?«

Fenna sieht einen Strauch, in dem eine Spinnwebe hängt.

»Kannst du Zauberspiegel machen?« fragt sie Dan.

»Ja. Von Gustav gelernt. Gehen wir?«

Gustav kommt als Hazels Vater tatsächlich nicht in Frage. Er ist Inder, mit hellbrauner Haut und nur leicht angegrauten, glänzenden schwarzen Haaren. Er bedauert, daß seine Schwester Sonja ausgerechnet heute in die Stadt gefahren ist und bietet ihnen Kaffee an. Sie essen etwas Lekkeres; es heißt Speckkuchen. Speck ist aber nicht drin. Auf dem Kaminsims stehen Wajangpuppen, und an der Wand hängen Bilder von Reisfeldern. Er erzählt von Indien. Fenna findet ihn nett. Sie hat das Gefühl, als kenne sie ihn schon lange. Als er mit seiner Geschichte fertig ist, lächelt er sie an.

»Ich erinnere mich noch an deine Mutter. Ich wundere mich, daß sie dir diesen Namen gegeben hat. Ein wunderschöner Name. Halte ihn in Ehren.«

Schon wieder? denkt Fenna.

Gustav erzählt Hazel, daß er sich an ihre Mutter auch sehr gut erinnere. »Du siehst ihr sehr ähnlich.«

Dan fragt, ob sie die Zeichnungen anschauen dürfen. »Mein Großvater war Maler«, erklärt er Fenna und Hazel. »Er hat meine Mutter und ihre Freundinnen gezeichnet, aber meine Mutter wollte die Bilder nicht im Haus haben. Seltsam, daß sie sie einfach verschenkt hat.«

»Sie hat sie nicht verschenkt, ich hebe sie nur für sie auf«, sagt Gustav.

Er schaut Fenna und Hazel nachdenklich an. »Schaden kann es nicht. Dan, hol die Mappe.«

Eine Zeichenmappe liegt auf dem Boden. Dan bindet die Schnüre auf. Gemeinsam schauen sie sich die Zeichnungen an.

»Der Club«, sagt Gustav leise. »Vierzehn waren sie damals.«

Fenna erkennt sie alle. Die Zeichnungen drücken mehr aus als die Fotos. Noch deutlicher ist zu sehen, daß Hanna schon unzufrieden mit sich selbst war. Els hatte schon damals einen hochmütigen Blick, und Emmie sah schwermütig aus.

»Jiske sieht Mirjam ähnlich«, sagt Fenna. »Und Hazel ihrer Mutter.«

»So gucke ich nie«, sagt Hazel mit genau demselben Ausdruck im Gesicht, wie ihre Mutter auf der Zeichnung.

»Diese hier ist tot«, sagt Dan.

Auf der Zeichnung trägt Fenna 1 die Haare offen. Sie sieht jung und fröhlich aus, nicht die Spur von Tod ist zu sehen. Hallo, sagt Fenna in Gedanken, du siehst schön aus. Diese Frisur steht dir gut. Gustav wendet sich ab. Will er ihr Bild nicht sehen? Er ist nicht so fröhlich wie vorhin.

Dan macht die Mappe zu und bindet die Schnüre zusammen. »Kriege ich die später?«

»Das hängt von deiner Mutter ab«, sagt Gustav. »Eh . . . Erzählt lieber nicht, daß ihr sie gesehen habt.«

Das ist seltsam. Gustav wirkt offen, nicht wie ein Mensch, der etwas zu verbergen hat.

»Warum nicht?« fragt Hazel. »Es sind doch nur Zeichnungen.« Sie schaut zu Dan hin. »Sehr gute Zeichnungen, wirklich.«

»Sie will nicht mehr an früher denken«, sagt Dan. »Wenn mein Vater sie danach fragt, wird sie immer sehr sauer.«

Gustav deutet auf die Mappe. »Fragt er denn danach?«

Dan nickt. »Du kennst meinen Vater doch. Er will alles wissen, über jeden.«

Gustav schüttelt den Kopf. »Als ob Menschen alles erzählen müssen. Manchmal, beim Fernsehen, wird mir richtig schlecht. Diese Interviews, wo die Leute ihr ganzes Leben ausbreiten. Nein, für mich ist das nichts.«

»Aber Geheimnisse sind auch nicht gut«, sagt Hazel. »Wenn man immer verbergen muß, daß man lieber mit Männern schläft als mit Frauen, dann..« Sie hält den Mund und wird rot.

»Ich . . . ich hab's nicht böse gemeint.«

Gustav bietet ihnen noch ein Stück Speckkuchen an.

»Das weiß ich, und du hast recht. Es war früher nicht immer so einfach. Aber was ich meine ist, daß jeder Mensch das Recht auf sein Geheimnis hat, und heute, hat man den Eindruck, ist Schweigen die neue Sünde. Gleich kommt ein Schüler, ich muß euch also verabschieden. Hast du das Buch, Dan?«

»Er ist lieb«, sagt Hazel, als sie wieder draußen sind. »Schade, daß er nicht mein Vater ist. Aber wenn ich ehrlich bin, finde ich es so doch spannender. Jetzt kann ich weiterfantasieren. Vielleicht ist mein Vater ein . . .«

»Priester«, sagt Dan.

»Pastor«, kichert Fenna.

»Hört auf!« Hazel lacht. »Wartet nur, zum Schluß stellt sich noch heraus, daß es der König von Belgien ist.«

»Oder der Elfenkönig«, sagt Fenna gedankenlos.

Die beiden anderen schauen sich erstaunt an. Fenna versichert hastig, das sei nur ein Witz gewesen.

Auf dem Heimweg zeigt ihnen Dan noch einen Teich, der sich mitten durch das Dorf zieht. Im Sommer werden da immer Stabwettläufe abgehalten.

»Jiske hat dieses Jahr gewonnen, ich bin reingefallen. Dreckbrühe.«

»Machst du noch bei Kinderspielen mit?« fragt Hazel. »Eh . . . In Dörfern ist das vielleicht anders.«

Fenna, die wieder hinterher radelt, sagt: »Wir spielen Wahrheit oder Trauen, und das ist auch ein Spiel.«

Auf dem Weg nach Hause erklären sie Dan, wie das Spiel geht.

»So, ihr seid also bei Gustav gewesen«, sagt Mirjam. »Wie gefällt er euch?«

»Gut«, sagt Fenna.

Sie ist bei Mirjam in der Werkstatt. Jiske sitzt auf einem Hocker, als Modell für eine Büste, die ihre Mutter aus Ton modelliert. Mirjam sitzt gedankenverloren da, ihr Spatel schwebt über dem Ton. Fenna schaut von Jiske zu deren Ebenbild in Ton. Es gefällt ihr. Fast hätte sie gefragt, ob Mirjam das Talent von ihrem Vater geerbt hat. Doch dann könnte ihr leicht etwas über die Zeichnungen herausrutschen, die sie heute gesehen hat. Deshalb erzählt sie, wie lecker der Speckkuchen war.

Mirjam starrt aus dem Fenster, und Jiske rutscht auf ihrem Hocker hin und her. »Machst du noch weiter, Mama? Ich kriege einen Krampf.«

Mirjam macht sich wieder an die Arbeit und fragt Fenna, warum sie nicht mit Dan und Hazel gegangen sei, die vor ein paar Minuten das Haus verlassen hatten.

»Ich . . . eh . . . ich muß noch Hausaufgaben machen«, sagt Fenna und hat ein blödes Gefühl dabei.

Hazel kommt sehr spät nach Hause. Fenna liegt schon in ihrem Schlafsack. Neben ihr schläft Jiske.

Hazel kichert und stößt überall an.

»War es so schön?« fragt Fenna leise.

»Oh? Schläfst du noch nicht? Ja, es war sehr schön. Wir sind zu Dans Freunden gefahren. Dort haben wir Wein getrunken und Pommes frites geholt.«

»Daß du trinkst, wußte ich nicht«, sagt Fenna.

Hazel hört nicht auf zu kichern und sagt, daß sie das auch nicht gewußt hat, und es sind auch nur drei Gläser gewesen.

»Dann bin ich noch mit Dan durch den Wald geradelt.«

Fenna dreht sich um.

»War das deine Idee?«

»Ja, ich wollte die Eulen sehen.«

»Hast du sie gesehen?«

Hazel schlüpft in ihren Schlafsack. »Nein.«

Dann schnarcht sie.

Zum Glück schläft Fenna schnell ein. Sie träumt nichts.

Am letzten Tag bringen Fenna und Hazel Jiske bei, wie man Wahrheit oder Trauen spielt. Dan ist allein weggegangen.

»Er hat mir noch nicht mal gesagt, wo er hin geht«, sagt Hazel empört.

Sie unterhalten sich hinter Gerards Haus, dort, wo der Wald anfängt.

Hazel fragt Jiske: »Wahrheit oder Trauen?«

»Wahrheit.«

Hazel braucht nicht lange nachzudenken. »Hat Dan was über mich gesagt?«

Jiske zögert.

»Nun? Du mußt antworten«, sagt Hazel.

»Ja.«

»Was ja?«

»Er hat etwas über dich gesagt, das ist die Antwort.«

»Aber was denn?«

Fenna greift ein. »Sie hat geantwortet, jetzt ist sie dran.«

Nach der ersten Runde (Fennas Frage an Hazel war, ob sie echt so wild auf Natur wäre, und Hazel sagte knallhart: ja) ist die Reihe wieder an Hazel.

»Wahrheit oder Trauen?« fragt sie Jiske.

»Trauen.«

Das hat Hazel nicht erwartet. »Bist du sicher, daß du nicht Wahrheit willst?«

Jiske nickt.

Hazel deutet auf einen Baum. »Dann will ich, daß du da

hinaufkletterst und mir ein Blatt holst. Ein Blatt von ganz oben.«

»Oh«, sagt Jiske bedrückt. »Aber ich kann nicht so gut klettern. Ich bin mal runtergefallen, und seitdem ist es mir unheimlich.«

»Dann muß sie nicht hochklettern«, entscheidet Fenna.

Hazel ist nicht damit einverstanden. »Sie hat selbst mitmachen wollen.«

»Ja«, sagt Jiske. »Also, dann los.«

Sie schaut, wie hoch sie hinauf muß, seufzt und fängt an. Man merkt gleich, daß sie nicht gut klettern kann. Sie klettert zu schnell und schaut zu oft hinunter.

»Das da?« Sie streckt schon die Hand aus.

»Nein!« sagt Hazel. »Zu leicht.«

Jiske macht noch ein paar ungeschickte Bewegungen, um höher hinauf zu kommen.

»Jetzt reicht's!« ruft Fenna.

Wieder streckt Jiske die Hand aus.

»Oh!« sagt Fenna. »Sie ...«

Jiske rutscht aus.

»Festhalten!« schreien Fenna und Hazel.

»Die Arme um den Ast!« ruft Fenna.

Aber Jiske läßt los und schlägt hart auf den Boden auf.

Sofort ist Fenna neben ihr. »Ist dir was passiert? Sag doch!«

Jiske hat die Augen geschlossen und sagt nichts.

»Bitte!« bettelt Hazel.

Da macht Jiske die Augen auf. »Schau!« sagt sie stolz. »Ich hab eins.« Sie hält Hazel ein braunes Blatt hin. »Au!« sagt sie dann. »Mein Fuß!«

Sie hat ihn nur verstaucht. Das stellt sich heraus, als sie ins Haus getragen worden ist und Gerard sie untersucht.

Sie brauche keinen Doktor, sagt er, müsse aber ein paar Tage ihren Fuß ruhig halten.

Jiske liegt auf dem Sofa. »Dann will ich verwöhnt werden. Wo ist Mama?«

Gerard fragt, ob er nicht gut genug sei.

»Doch, aber Mama kann am besten vorlesen«, sagt Jiske.

Gerard streichelt ihr über den Kopf. »Ja, wenn ein Mensch krank ist, wird er wieder ganz zum Kind. Du hast ein Recht darauf, Liebes.«

Kind? denkt Fenna. Sie ist doch noch eins.

Gerard sagt, wenn Mirjam von ihrem Spaziergang zurück sei, würde er sie gleich zu Jiske schicken.

»Mama!« ruft Jiske kurz darauf. »Ich habe einen verstauchten Fuß.«

Mirjam schmust ausgiebig mit ihr und verspricht vorzulesen, sobald die Gäste abgefahren wären.

Fenna hat ganz vergessen, daß sie weg müssen. Und Dan? Würde sie ihn noch sehen?

»Wieso warst du eigentlich auf dem Baum?« fragt Mirjam. »Ich dachte, du kletterst nicht gern.«

Jiske erzählt die ganze Geschichte. Mirjams Augen verengen sich. Dann schreit sie: »Ihr dummen Gänse! Ihr habt sie wohl nicht alle. Wie seid ihr denn auf so was gekommen!«

Zu Fennas Erstaunen macht Hanna mit. Statt ihre Tochter zu verteidigen, schimpft sie genauso laut. »Ich habe dir doch schon hundertmal gesagt, du sollst mit diesem beschissenen Spiel aufhören! Lernst du denn nie was dazu?«

Jiske protestiert. »Ich habe doch mitgemacht. Ich wollte das, ich hätte auch nein sagen können.«

»Aber das hast du nicht gesagt!« schnauzt Mirjam.

Gerard und Emmie versuchen zu beschwichtigen. »Beruhige dich, Mirjam«, sagt Gerard, und Emmie meint, es sei doch nur ein Spiel. »Wir haben so was doch auch gemacht.«

»Du verstehst nichts!« schreit Mirjam. »Jetzt nicht, damals nicht, überhaupt nie! Blöde Gans!«

Das hat meine Mutter nicht verdient, denkt Fenna und legt die Hand auf Emmies Arm.

Emmie dreht sich um. »Ich gehe packen«, sagt sie leise und verläßt das Zimmer.

»Wir müssen darüber reden«, sagt Gerard. »So kannst du sie nicht gehen lassen. Bitte, Mir, sag was.«

Mirjam schweigt.

Hanna nimmt Hazel mit. »Du verstehst auch nichts«, sagt sie zu Gerard.

Fenna schaut Mirjam an. »Es tut mir leid. Wir wollten nicht . . .«

Mirjam starrt zurück. Fenna erschrickt vor dem haßerfüllten Ausdruck in Mirjams Gesicht. So schlimm ist es doch wirklich nicht, oder? Sie hatte sich eingebildet, daß Mirjam sie jetzt besser leiden könne, doch nun merkt sie, daß sie sich geirrt hat.

Nur von Jiske kann Fenna sich verabschieden. Mirjam ist oben und läßt sich nicht mehr sehen.

Jiske gibt Fenna einen dicken Kinderkuß. »Ich schreib dir, wie's meinem Fuß geht. Schreibst du mir dann auch?«

Fenna nickt. Sie hofft, daß sie Jiske wiedersieht.

Gerard steht draußen am Auto. Er versucht, Mirjam zu entschuldigen.

»Sie ist ein bißchen erschöpft in der letzten Zeit«, murmelt er. Dan sehen sie nicht mehr. Emmie läßt den Motor an.

Niemand sagt etwas, bis Hazel ruft: »Stop! Dan!«

Er verabschiedet sich und sagt, er würde vielleicht mal vorbeikommen.

Hazel dreht sich um, schaut ihm lange nach und gibt Fenna dann einen Stoß. »Siehst du!«

Emmie versucht, ein Gespräch mit Hanna anzufangen, aber Hanna ist schweigsam. Sie nehmen ziemlich kühl Abschied voneinander.

»So, das war's«, sagt Emmie zu Fenna. »Ich kann dieses Spiel auch nicht leiden, aber diese Reaktion finde ich übertrieben.«

Fenna gibt keine Antwort. Sie sieht immer noch Mirjams Augen vor sich.

»Das hättest du nicht tun sollen«, sagt Fenna 1. »Du weißt doch, daß Elfen erschrecken, wenn man in ihre Bäume klettert. Sie schmeißen dich dann runter. Sie können nicht anders, sie müssen es tun.«

Ach, so ist das also, denkt Fenna, als sie aufwacht. Ich wünschte, du könntest mir auch erzählen, ob Dan genauso über mich denkt wie seine Mutter.

8

Es ist kalt und windig. November ist ein Scheißmonat, denkt Fenna.

Emmie sitzt unter einer Stehlampe und liest. In den letzten Tagen ist sie einigermaßen fröhlich, ganz im Gegensatz zu Fenna. Mit Hanna hat Emmie sich wieder versöhnt, doch von Mirjam haben sie nichts mehr gehört. Wohl aber von Susanne. Die rief kurz nach den Ferien an und wollte den Streit schlichten. Emmie hat sie angeschnauzt, sie solle eben viel dafür beten. Susanne antwortete heiter, das täte sie. Daraufhin schämte sich Emmie.

Fenna denkt an das, was in der letzten Zeit passiert ist. Vorgestern war sie mit Hazel und Jolanda im Kino. Sie haben furchtbar gelacht, aber die gute Laune hielt nicht lange an. Hazel hat jetzt viel zu tun mit den Proben. Sie hat Dan schon viermal geschrieben. Antwort hat sie keine bekommen, aber das scheint sie nicht zu stören. »Notfalls stehe ich einfach mal bei ihm auf der Matte.«

Die stummen Anrufe haben auch nicht aufgehört. Ungefähr dreimal in der Woche klingelt das Telefon, und wenn man abnimmt, hört man nichts. Emmie meint, wenigstens handle es sich um eine ruhige Person. Trotzdem will sie es der Post melden, wenn es so weitergeht.

Fenna seufzt tief und zieht die Vorhänge zu. Vorher sieht sie ihr Spiegelbild in der dunklen Scheibe. Schöner wird sie auch nicht.

Wie es Dan wohl geht?

Sie seufzt noch einmal nachdrücklich, und endlich fragt Emmie, was denn los ist.

»Ich habe an Mirjam gedacht. Solltest du sie nicht mal anrufen?«

Emmie läßt ihr Buch sinken. »Ich weiß nicht. Erst dachte ich, zum Teufel mit ihr, aber jetzt fühle ich mich nicht mehr wohl. Vielleicht lenkt sie ja ein, wie Hanna.«

Was du so Einlenken nennst, denkt Fenna. Sie hatte noch nie das Gefühl, Hanna könne sie leiden, aber jetzt scheint es noch schlimmer zu sein. Oder bilde ich mir das nur ein? Vielleicht müßte ich die Freundinnen alle auf einmal sehen, um zu sehen, ob ich mich irre.

»Was machst du denn an deinem Geburtstag?« fragt sie.

Emmie schaut hoch. »Muß ich was machen?«

»Ja. Geburtstage muß man feiern.

»Den neununddreißigsten nicht«, meint Emmie.

»Doch! Warum lädst du deine Freundinnen nicht ein?«

»Meinst du die jetzigen, plus Hanna, Els, Susanne und . . . Mirjam?«

Fenna nickt.

»Wir könnten ein großes Fest machen.«

Emmie schüttelt den Kopf. »Ich habe absolut keine Lust dazu, aber ich kann die alten Freundinnen für nachmittags einladen. Alles andere ist mir zuviel.«

»Wart nur, bis du vierzig wirst«, sagt Fenna. »Dann stehen hunderte von Leuten auf der Schwelle.«

Emmie steht auf und gibt ihr einen Kuß. »Dann bleibe ich im Bett.«

Hanna wird zu Emmies Geburtstag kommen, Susanne hat auf einer Rosenpostkarte mitgeteilt, sie würde gern kommen und Emmie gratulieren, und Els hat angerufen und gefragt, was Emmie sich von ihr wünscht.

Mirjam hat nicht auf den Brief reagiert, den Emmie ihr geschickt hat.

Später hat Hanna gefragt: »Du hast ihr geschrieben, nicht wahr?«

»Habt ihr wieder telefoniert?« fragte Emmie betont sanft. »Dann weißt du doch auch, daß ich keine Antwort bekommen habe.«

»Sie braucht Ruhe«, sagte Hanna, »sie hat große Schwierigkeiten.« Wieder drehte sie sich eine Locke um den Finger, und Emmie griff nach ihrer Hand.

»Davon werden deine Haare fett.«

Hanna ging darauf ernsthaft ein, und Fenna dachte, sie

ist froh, daß sie nicht mehr über Mirjam sprechen muß. Sie redet über sie wie über eine Treibhauspflanze und nicht wie über einen erwachsenen Menschen.

»Hurra!« ruft Fenna 1. »Ich gehe!«

Sie wird von zwei Gestalten mitgenommen, die Fenna nicht genau erkennen kann.

»Sind das deine Eltern?«

Fenna 1 lacht. »Nein, Engel. Sie standen einfach so vor meiner Tür. Hunderte. Dabei werde ich noch nicht mal vierzig!«

Fenna trinkt einen Schluck Wasser und fragt sich, ob die Eltern von Fenna 1 noch leben.

Und wann würde sie wieder anfangen, ganz normal zu träumen, z. B., daß sie vor die Klasse gerufen wird und nichts weiß?

Und hat ihr Vater wohl das Fotoalbum gefunden?

»Bin ich die erste?« fragt Els.

Sie steht am Tisch und betrachtet Emmies Geschenke. Emmie ist in der Küche beschäftigt, so daß Fenna Els Gesellschaft leisten muß. Els schaut sich Fennas Geschenk, ein Buch, an. Zum Glück bekommt Fenna von ihrem Vater regelmäßig Zusatztaschengeld. Dreißig Gulden sind ganz schön viel für ein Geburtstagsgeschenk.

»Was lese ich hier?« sagt Els. »Die Frau bringt ihren Mann mit einem Bügeleisen um? Gefällt das deiner Mutter?«

»Das Buch schon«, sagt Fenna.

Els schaut nachdenklich vor sich hin. »Hat deine Mutter noch mal was von Mirjam gehört?«

»Nein.«

»Vielleicht braucht sie ein bißchen Ruhe, sie hat, glaube ich, viel um die Ohren.«

So etwas hat Fenna schon öfter gehört. »Die Eltern von Fenna«, fragt sie vorsichtig, »der Fenna von früher, leben die noch?«

Els zupft sich einen Fussel von ihrer Angorajacke. »Nein«, sagt sie, und dann redet sie über Rexchen und Cherry.

Fenna hört ihr aus Höflichkeit zu, aber mit den Gedanken ist sie nicht bei der Sache. Offensichtlich gibt es Dinge, über die man nicht reden darf.

Später am Nachmittag gibt es auch Wörter, die nicht in ein Gespräch gehören. ›Früher‹ ist zu so einem Wort geworden. Immer, wenn Emmie von früher anfängt, lenken die anderen ab und reden über ein aktuelleres Thema. Am Schluß gibt Emmie auf.

»Ihr habt ja recht, wir leben jetzt.«

Fenna sitzt still dabei. Sie überlegt, ob nur sie bemerkt, daß Susanne während des Gesprächs ab und zu betet. Und was hat Hanna gemeint, als sie leise zu Els gesagt hat, es ginge nicht so gut?

Als das Telefon läutet, nimmt Fenna den Hörer ab.

Nichts.

Sie dreht sich um und sagt zu Emmie: »Unser Schweiger ist wieder dran.«

»Gib her!« Emmie nimmt den Hörer und schreit: »Jetzt hör mal gut zu! Die Polizei ist informiert, und sie wissen, wer du bist, verstanden!«

Im Zimmer ist es so still, daß man nun deutlich das tuttut hört.

Emmie knallt den Hörer auf die Gabel. »So ein Mistkerl!«

Susanne ist die einzige, die ein bißchen Mitleid hat.

»Vielleicht ist es ein einsamer Mensch, der sich nicht traut, auf andere Art Kontakt aufzunehmen.«

»Wißt ihr, was ich so unheimlich an solchen Sachen finde?« sagt Hanna. »Daß es auch der eigene Ehemann sein könnte.«

»Ich denke nicht, daß mein Pieter je so etwas täte«, sagt Els.

Emmie stimmt ihr zu. Es gibt doch Leute, die man genau kennt. Auf die kann man sich verlassen.«

Die Freundinnen schauen einander an.

»Ja«, sagt Els mit ganz hoher Stimme. Sie lacht kurz. »Natürlich. Ich muß jetzt gehen.«

Susanne geht zu ihrem Zentrum, und auch Hanna bleibt nicht mehr lange. Sie sagt, Hazel habe heute nachmittag eine Probe, und sie würde Emmie noch anrufen, um zu gratulieren.

Am nächsten Morgen um halb zehn klingelt es an der Haustür. Fenna denkt, es wären Jehovas Zeugen und bleibt im Bett. Aber dann klingelt es wieder. Fenna zieht ihren Bademantel über und macht die Tür auf. Jiske steht da. Sie sieht jämmerlich aus, hat einen Rucksack auf dem Rücken und ein Portemonnaie in der Hand.

»Darf ich reinkommen?« stottert sie. »Da war so ein unheimlicher Mann im Bus, der immer mit sich selbst geredet hat.«

Fenna führt sie hinein. »Du hättest anrufen sollen. Stell dir vor, wir wären nicht dagewesen.«

»Muß ich wieder gehen?« fragt Jiske ängstlich.

Fenna versichert ihr, wie schön es wäre, sie wiederzusehen. Emmie kommt im Nachthemd herunter. »Ich dachte schon, daß es Jiskes Stimme ist. Hallo, kommst du uns besuchen?«

Jiskes Gesicht verdüstert sich. »Ich bin weggelaufen. Sie hatten heute nacht Streit. Ich hatte Angst. Ich wollte zu Papa und Mama ins Bett, aber Mama weinte und schrie, ich soll auch machen, daß ich wegkomme.«

»Auch?« fragt Emmie.

»Ja, Dan ist weg. Er wohnt jetzt hier, aber ich konnte seine Straße nicht finden. Nur eure.« Sie holt einen zerknitterten Stadtplan heraus. »Schau, ich weiß, wie Dans Straße heißt, aber sie ist nicht drauf.«

»Logisch«, sagt Fenna. »Der Plan ist sieben Jahre alt. Vielleicht wohnt Dan in einem neuen Viertel.«

Jiske nickt und zittert. »Ich friere.«

Emmie bittet Fenna, Kakao für sie zu kochen. Sie würde erst einmal Mirjam und Gerard anrufen. »Sie machen sich bestimmt Sorgen, wenn sie merken, daß du weggelaufen bist.«

Jiske sagt, sie habe einen Zettel hinterlassen.

»Mama schläft vielleicht noch. Sie ist nachts oft wach, dann geht sie in die Werkstatt und modelliert. Tagsüber schläft sie manchmal plötzlich ein. Es ist überhaupt nicht schön zu Hause, jetzt, wo Dan weg ist. Er fehlt mir. Ihr schickt mich doch nicht gleich weg?« Ihre Stimme wird ganz klein. »Erst muß ich Dan sehen.«

»Gut«, sagt Emmie. »Ich ziehe mich an, dann sehen wir weiter. Es gibt Rosinenbrötchen, falls du Lust hast.«

Jiske trinkt heißen Kakao und ißt drei Rosinenbrötchen.

»Wo wohnt Dan?« fragt Fenna.

»Bei einem Bekannten. Schon seit drei Wochen.« Jiske hält Fenna ein Stück Papier hin. »Das ist die Adresse, aber ich weiß nicht, ob sie dort Telefon haben.«

Sie haben Telefon, und Fenna wählt die Nummer. Es dauert ziemlich lange, bis sie eine schläfrige Stimme etwas in den Hörer stöhnen hört. Einen Moment später schreit dieselbe Stimme:

»Dan, ein Mädchen für dich!«

»Ja?« fragt Dan.

»Also ...« fängt Fenna an und sagt dann nichts mehr.

»Wer ist da?« fragt Dan verschlafen.

»Ich ... Fenna. Jiske ist hier, und ...«

Seine Stimme klingt sofort viel wacher. »Warum? Wieso?«

Jiske steht neben dem Telefon, und Fenna hält ihr den Hörer hin. Sie hört zu, wie Jiske erzählt, warum sie weggelaufen ist.

Fenna ist enttäuscht. Er hätte wirklich etwas enthusiastischer reagieren können. Etwa so: Fenna, du!

Jiske legt auf. »Er kommt.«

»Jetzt?«

»Ja, er muß sich erst noch anziehen, dann kommt er.«

»Oh«, sagt Fenna. »Ich muß mich auch noch anziehen. Nimm so lange ein Buch oder irgendwas.«

Sie rennt die Treppe hinauf und stellt sich vor ihren Kleiderschrank. Welche Hose? Welche Bluse? Die Haare offen oder als Pferdeschwanz? Oder Zöpfe? Doch lieber offen? Als sie endlich einigermaßen zufrieden ist mit ihrem Spiegelbild, klingelt es.

»Was du denkst, ist falsch«, sagt Fenna zu Marilyn. »Ich wünschte nur, ich hätte auch so einen Bruder.«

Marilyn zeigt ihre Zähne. Fenna putzt die ihren und geht so würdevoll wie möglich die Treppe hinunter.

Dan redet auf Jiske ein. Er bemerkt Fenna nicht einmal, so sehr ist er damit beschäftigt, Jiske klar zu machen, daß sie wieder nach Hause muß.

»Du bist noch viel zu jung, um wegzulaufen. Es hätte wer weiß nicht was passieren können.«

»Nichts ist passiert«, sagt Jiske. »Und ich bleibe ja nur heute.«

Weil Dan nicht das geringste Interesse an Fenna zeigt, geht sie in die Küche, wo Emmie Kaffee kocht.

»Ich fürchte, ich muß Mirjam anrufen«, sagt Emmie, »Dan wird es wohl nicht machen. Was meinst du, ist mit ihr los?«

»Vielleicht lassen sie sich scheiden«, murmelt Fenna.

Emmie grinst. »Willst du immer noch Psychologin werden?«

Fenna zuckt mit den Schultern. »Vielleicht.«

Sie brauchen Mirjam nicht anzurufen, Gerard ruft bei ihnen an. Er hat Jiskes Brief gefunden und möchte jetzt kommen, um mit ihr zu sprechen.

Dan seufzt tief.

»Soll ich euch mein Zimmer zeigen?« fragt Fenna schnell, bevor ihm einfällt, daß er seinen Vater nicht sehen will.

Jiske bewundert Marilyn (Dan auch) und setzt sich auf das Bett. Sie gähnt.

»Ich habe noch nie unter Eistüten geschlafen.«

»Dann kannst du es jetzt einmal tun, du bist bestimmt hundemünde«, sagt Fenna.

»Ja«, gibt Jiske zu und zieht ihre Schuhe aus. »Weißt du, daß es in der Stadt überall nach Scheiße riecht?«

Dann schläft sie schnell ein.

Dan und Fenna betrachten sie. Fenna setzt sich auf ihren Schreibtischstuhl, Dan, sehr vorsichtig, auf das Bett.

»Gehst du nicht mehr nach Hause zurück?« fragt Fenna leise.

»Ich weiß es nicht.«

»Hast du nicht Angst, daß dein Vater dich auch gleich mitnimmt?«

Er schaut sie erstaunt an. »Wieso? Schließlich haben wir meinen Entschluß stundenlang diskutiert.«

Die letzten Worte sagt er im Tonfall seines Vaters. »Er hat mich sogar selber hergefahren. Wegen des Mopeds mußte er sogar einen Bus leihen. Mein Vater macht keine halben Sachen.«

»Wie ist es da, wo du jetzt wohnst?« fragt Fenna.

»Voll. Arme Jiske, sie ist heute Nacht zu Tode erschrokken.«

»Bestimmt lassen sie sich scheiden«, meint Fenna verständnisvoll.

»Wieso?«

»Einfach so.«

Dan glaubt das nicht.

»Sicher haben sie sich wieder wegen ihrer Ängste gestritten.«

»Der Wald«, sagt Fenna.

»Ja, und das ist ziemlich blöd, wenn du fast mittendrin wohnst.«

»Warum ist sie da hingezogen?«

»Würdest du so ein Haus einfach aufgeben?«

»Das hast du doch auch gemacht.«

»Nicht wirklich.« Dan beugt sich über Jiske und gibt ihr einen Kuß. »Tschau, Spatzi«, flüstert er und zieht Fennas Decke zurecht.

Fenna betrachtet seine Hände. Das will ich auch! denkt sie. Ich will einen Kuß, und ich will diese Hände fühlen. Sie erschrickt vor ihren Gedanken. Sie ist doch nicht wie Hazel? Schnell dreht sie sich um, damit er ihr Gesicht nicht sehen kann.

Unten geht die Haustür auf, und sie hören Gerards Stimme. Jiske wacht davon auf. Ihr Vater ist kein Mensch, den man überhören kann. »Bleibst du hier?« fragt Jiske Dan.

Dan geht mit hinunter. Er und Gerard begrüßen sich wie zwei entfernte Bekannte. »Ach nett, daß ich dich auch mal wieder treffe.«

Gerard küßt Jiske und beginnt gleich auf sie einzureden. Das ist aber nicht nötig, weil sie sagt, sie wolle wieder nach Hause.

»Ich bin nur so erschrocken.«

»Es tut ihr so leid«, sagt Gerard. »Deine Mutter ist ein bißchen übermüdet, sie hat es nicht so gemeint, wie sie es gesagt hat.«

»Warum ist sie nicht mitgekommen?« fragt Jiske.

Gerard sagt, sie würde gerade einen Apfelkuchen backen.

Jiske sieht aus, als hätte sie lieber eine Mutter hier als einen Apfelkuchen zu Hause, und Fenna fragt sich, ob man Apfelkuchen backen kann, wenn man übermüdet ist.

»Ich glaube, ich gehe jetzt mal«, sagt Dan. »Wir müssen eine Stereoanlage anschließen.«

»Was ist eigentlich mit der Schule?« fragt Gerard. »Ich will dir natürlich alle Freiheit lassen, aber . . .«

Dan gibt Emmie die Hand und tut, als wäre sein Vater nicht da. Er küßt Jiske und läuft raus. Fenna geht ihm nach. Sie hört noch, wie Gerard sagt, daß dieses Alter ganz spezielle Anforderungen an die Eltern stellt.

Fenna und Dan stehen an der Tür.

»Schönes Wetter«, sagt Fenna.

»Ja.«

»Ein schöner Helm.«

»Ja.«

»Ein tolles Moped«, sagt Fenna. »Aber das hatte ich ja schon gesehen.«

Dan setzt seinen Helm auf.

»Kommst du noch mal vorbei?« wagt Fenna zu fragen.

»Was?« ruft er. »Ich verstehe dich nicht.«

Ein zweites Mal zu fragen, traut sie sich nicht mehr, sie sagt auf Wiedersehen. Dan startet, winkt und ist verschwunden.

Fenna macht die Tür zu. Sie hätte ein richtiges Gespräch anfangen sollen, über Mopeds und Stereoanlagen. Notfalls sogar über Weltpolitik. Na ja, sie ist eben nicht Hazel. He! Die hat er überhaupt nicht erwähnt! Noch nicht mal Grüße an sie hat er ausrichten lassen. Die zwei Stunden, die Gerard noch da sitzt und redet, ist sie sehr nett zu ihm.

Fenna und Emmie sind wieder allein. Emmie sieht erleichtert aus.

»Ich bin froh, daß sie mitgegangen ist. Sie ist ein Schatz, aber ich will nicht die Helferin in der Not für die Tochter meiner Ex-Freundin spielen.« Sie zögert. »Meinst du, ich höre noch mal was von ihr?« fragt sie traurig.

»Ruf sie an«, sagt Fenna.

Emmie stöhnt. »Das hat Gerard auch gesagt. Man müsse ihr über die Schwelle helfen, sagte er. Schrecklich, wenn man Sozialarbeiter im eigenen Haus hat.«

»Ja«, bestätigt Fenna. »Ich auf jeden Fall bin davon geheilt. Wie geht es dir eigentlich?«

»Abgesehen von Mirjam, gut. Und dir? Schön, Dan wiederzusehen. Ich mag ihn gern, du auch?«

»Ach«, sagt Fenna.

Telefon. Es ist Mittwoch nachmittag, Emmie ist in einem Kurs für japanische Gesichtsmassage.

Fenna hebt ab. Stille, und leises Atmen.

Treibt er sein Spiel immer noch? Fenna lauscht. Was tut er jetzt? Ob er's macht? Widerlich! Sie donnert den Hörer auf die Gabel.

Wieder klingelt das Telefon.

»Mach was du willst!« schreit Fenna. »Aber meine drei großen Brüder sind hier, daß du's nur weißt! Sie haben alle drei den schwarzen Karategürtel. Einer ist bei der Polizei, der zweite ist Boxlehrer, und der dritte ist . . . eh . . . Doggenzüchter.«

»Ich dachte, du wärst ein Einzelkind«, sagt Dan.

Fenna erklärt ihm die Sachlage. Dann fragt er, ob sie am Samstag mit ihm ins Kino will.

»Laß uns doch in die Nachmittagsvorstellung gehen«, sagt Fenna mit einer Selbstverständlichkeit, über die sie sich selbst wundert.

Der Samstag fängt schon spannend an. Endlich kommt ein Päckchen aus Spanien. Fenna ist allein zu Hause, so daß sie es in Ruhe aufmachen kann. Ein altes Fotoalbum ist drin, und ein Brief von ihrem Vater.

Fenna blättert das Album flüchtig durch, hört dann Emmie zurückkommen und versteckt es in ihrem Schrank. Sie will es abends anschauen, ganz allein, ohne Emmie, die natürlich alles gleich erklären würde.

Sie zieht sich viermal um, bevor sie endlich aus der Tür geht.

Vom Film kriegt sie nichts mit, weil Dan neben ihr sitzt und sie sich nicht konzentrieren kann.

Er bringt sie heim, will aber nicht mehr mit reinkommen. Deshalb stehen sie noch eine Stunde in der Kälte und unterhalten sich. Es ist eines der Gespräche, die man führt, wenn man über den anderen viel erfahren will, sich aber nicht traut, direkt zu fragen. Deshalb kommt man auf so komische Sachen wie: Was ißt du am liebsten? oder: Welches Fernsehprogramm gefällt dir am wenigsten?

Eigentlich will Fenna auch wissen, ob er vorhat, Hazel anzurufen. Doch sie traut sich nicht recht, und als sie sich endlich ein Herz gefaßt hat, sagt Dan, er müsse nun gehen.

Fenna schaut ihm nach und geht dann ins Haus.

Emmie hat auf sie gewartet. Lächelnd sagt sie, sie hätte sie gehört. Sie scheint auf ein gemütliches Mutter-Tochter-Gespräch aus zu sein. Fenna sagt schnell, sie sei müde und wolle schlafen gehen.

Kurz darauf liegt sie im Bett und schaut sich das Album an: Kleine Mädchen im Sandkasten, dann mit Zahnlücken, auf den letzten Seiten junge Mädchen, von denen einige schon Busen haben.

Ein Foto findet sie besonders interessant. Anscheinend ein Geburtstag. In einem Garten hängen Girlanden. Man sieht einen Tisch mit Geschenken, und die Freundinnen haben schöne Kleider an, Hannas ist wieder fleckig.

Und was hat Fenna um den Hals? Einen Schal? An den Blättern und den Kleidern kann man sehen, daß Hochsommer war. Hatten ihre Eltern von ihr verlangt, einen Schal umzubinden? Und wessen Geburtstag wurde gefeiert?

DAMALS

9

»Hoch soll sie leben! Hoch soll sie leben! Hoch! Hoch! Hoch!«

Elsie, Susanne, Emmie, Hanna und Mirjam singen. Beim letzten ›Hoch‹ wird Fenna von ihrem Vater hoch in die Luft gehoben und vorsichtig wieder auf den Boden gestellt. Die Geschenke werden ausgepackt. Fenna freut sich über alles, über das Taschenbuch von Emmie ebenso wie über die Brosche, die sie von Mirjam geschenkt bekommt. Elsie hat ein Glas Bonbons und ein Foto von Doris Day gebracht. Jetzt vergleicht sie die Anzahl der Geschenke mit denen, die sie vor zwei Monaten zu ihrem vierzehnten Geburtstag bekommen hat. ›Bescheidene Gaben‹ war das Wort, das ihr Vater benutzt hat, als ob sie dadurch mehr geworden wären. Er sagte auch noch: »Wir würden dir gern alles schenken, was dein Herz begehrt, aber mehr können wir uns nicht leisten.« Das Tagebuch, das sie sich gewünscht hatte, bekam sie. Den verstärkten Spitzen-BH nicht. Der sei Luxus, sagten ihre Eltern, und außerdem brauche sie noch keinen BH. In das Tagebuch hat sie noch nicht viel geschrieben, sie wünschte sich nur deshalb eins, weil sie von einem Mädchen gelesen hatte, das Tagebuch führte. Das Mädchen in dem Tagebuch hatte natürlich ein viel interessanteres Leben als sie, Elsie. Ein Buch bekam sie auch: Die verschwundenen Musiknoten. Dafür ist sie eigentlich zu alt, vermutlich hat sie es nur wegen des Geigenunterrichts bekommen. Die Stunden werden gottseidank von ihren Großeltern bezahlt.

Bestimmt würde ihr Vater sonst auch sagen, Geigenstunden lasse sein Geldbeutel nicht zu. Das würde bedeuten, daß sie Gustav nicht mehr sehen könnte. Er will heute nachmittag kommen. Er hat es Fenna versprochen. Ihr ja schon, aber . . .

Elsie betrachtet die Brosche, die Mirjam Fenna geschenkt hat. Die Brosche steckt an Fennas Kleid, genau da, wo ihr Herz ist. Fennas Herz will nicht schlagen, wie es soll. Deshalb ist jeder immer so nett zu ihr, und deshalb muß Fenna nicht jedesmal mitturnen. Beim Schwimmen sitzt sie meistens am Beckenrand. Manchmal sehen ihre Lippen bläulich aus, und dann tun alle erst recht so, als wäre sie ein altes Gemälde. Das ist natürlich auch der Grund, warum Gustav kommt. Nicht weil er Fenna lieber hat als mich, denkt Elsie.

Fenna lacht sie an. »Ein schönes Bild von Doris Day. Manche Leute finden sie ja komisch, aber ich wünschte, ich würde aussehen wie sie. Weißt du, wir sollten dich in Zukunft Els nennen. Für Elsie bist du wirklich zu groß geworden.«

Elsie meint das schon lange, aber sie hat sich nicht getraut, darum zu bitten. Sie hatte Angst, ausgelacht zu werden. Sie nickt.

Fenna steckt ihren Finger in die Himbeerlimonade und läßt einen Tropfen auf Elsies Haare fallen. »Hiermit taufe ich dich auf den Namen Els.«

Die anderen klatschen, aber Els erschrickt. Wenn die Limonade nun auf ihr Kleid tropft? Sie haßt Flecken. Nie würde sie ihren Geburtstag im Freien feiern. Da gibt es so vieles, mit dem man nicht rechnet. Fliegen, Mücken, Gras. Darin kann alles mögliche herumliegen, was man nicht sieht, und dann setzt man sich darauf.

Fenna feiert ihre Geburtstage immer im Freien. August ist auch der richtige Monat dafür. Els beobachtet, wie Susanne Fenna ihr Geschenk gibt. Ein selbstgestrickter Schal. Fenna legt ihn sofort um, und das bei fünfundzwanzig Grad.

Susanne strahlt.

Susanne freut sich, daß Fenna der Schal gefällt. Sie wünscht, dieser Augenblick würde ewig dauern. Sie hat viel Arbeit in den Schal gesteckt. Immer, wenn sie aufgeben wollte, stellte sie sich Fennas Gesicht vor. Wie sie sich freuen würde.

Manchmal hat ihre Mutter ein Stück gestrickt. »Für diesen Schatz mache ich alles. Ach Gottchen! Wenn man so ein Kind hat! Was nützt einem das ganze Geld, wenn die Gesundheit fehlt? Mir tun die Eltern so leid, und sie ist auch noch die Einzige.«

»Aber man kann sie doch operieren?« fragte Susanne.

Ihre Mutter seufzte nur und schüttelte zweifelnd den Kopf.

Susanne fühlt sich bedrückt bei dem Gedanken, daß Fenna vielleicht nie geholfen werden kann.

Fenna kommt zu ihr herüber. »Dich habe ich noch nicht geküßt, los.«

Sie spitzt schon die Lippen, und Susanne macht einen Schritt rückwärts. Das will sie nicht.

Hanna kichert. »Weißt du nicht, daß Susanne küssen

haßt? Du solltest zu Emmie gehen, die ist die Küsserin. Ich habe es selbst gesehen.«

»Wen? Wo?« fragt Fenna.

Während sie zuschaut, wie Fenna zu Emmie geht, atmet Susanne erleichtert auf. Nein, nicht einmal Fenna darf sie küssen.

»Ich habe ihn nicht geküßt!« sagt Emmie empört. »Wir haben nur nah beieinander gestanden.«

»Erzähl«, sagt Fenna.

»Micha.«

»Der ist doch Hannas Freund.«

Emmie fühlt, wie sie rot wird. »Ich spanne meinen Freundinnen nie jemanden aus. Er hatte schon Schluß gemacht.«

»Dann ist es ja gut«, sagt Fenna.

Zu ihrer eigenen Überraschung ist Emmie erleichtert. Als ob sie Fennas Zustimmung bräuchte. Das passiert öfter. Liegt das an den Gesprächen zu Hause über Fenna, die vielleicht nicht alt werden wird? Macht sie das weiser? Akzeptiert sie von Fenna mehr als von den anderen, weil sie ein Geheimnis umgibt? Emmie trinkt ihre Limonade und schaut zu, wie Hanna ihr Geschenk überreicht. Einen Füller. Hanna läßt sich küssen. Emmie fühlt sich wohl und zufrieden. So wird es ihr ganzes Leben bleiben: Alle Geburtstage mit diesen Freundinnen. Und wenn sie später heiratet und Kinder bekommt, wird sie ihre erste Tochter Fenna nennen.

Hanna fühlt Fennas weiche Lippen auf ihrer Wange. Zum Glück sind die heute nicht so bläulich. Hanna traut sich gar nicht, den anderen zu sagen, daß sie Angst hat, wenn Fenna so aussieht.

»Bist du nicht böse auf Emmie?« fragt Fenna leise.
»Nein, Micha war nur eine Laune.«
Fenna lacht. »Manchmal redest du wie eine Erwachsene. Toll, daß du das schöne Kleid für mich angezogen hast. Gleich werden wir alle fotografiert, Papa hat einen neuen Apparat. Gustav wird auch kommen.«
»Ja?« sagt Hanna. Um nicht zu zeigen, wie sie sich freut, sagt sie spöttisch: »Mein Herz macht bum, bum.«
Fennas Gesicht verdüstert sich. »Du solltest erst mal meins hören. Nächste Woche fahren wir zu einem anderen Spezialisten.«
Hanna schaut verlegen auf ihre Füße. »Ach.«
»Ja, er sagt, daß er Kinder wie mich operieren kann.«
Zum Glück braucht Hanna nicht darauf zu antworten, denn Mirjam flüstert aufgeregt: »Da ist er!«

Natürlich hat Gustav kein Auge für mich, denkt Mirjam. Immer geht es um Fenna. Nur um Fenna. Ihr Vater ist genauso. Er macht Portraits von allen, und wer ist zuletzt dran? Seine eigene Tochter. So ist das immer. Als wären die anderen schöner und wichtiger als Mirjam. Gustav brachte ihren Vater auf die Idee, die Freundinnen zu porträtieren. Sie hätten gerade jetzt etwas besonderes an sich, meint er. Mirjam kapierte kein Wort, aber ihr Vater verstand es gleich. Leider konnte sie ihn nicht fragen, denn als die beiden miteinander redeten, saß sie in dem großen tiefen Schrank und belauschte sie.
Sie grinst in sich hinein. So etwas kann sie besser als Fenna. Fenna würde sich das nie trauen. Sogar beim Versteckspiel früher wollte sie nie in den Schrank.
Gustav schenkt Fenna eine echte Wajangpuppe. Die stammt noch aus seinem Elternhaus. Er bittet sie, vorsichtig damit umzugehen.

»Ich bin immer vorsichtig«, sagt Fenna. »Schon wegen meiner Eltern.«

»Ein Foto!« ruft Fennas Vater. »Bitte aufstehen, ich will meinen neuen Apparat ausprobieren.«

Fenna sitzt still auf einem Hocker. Mirjam schaut zu, wie ihr Vater Fenna genau betrachtet.

»Mach die Haare auf«, sagt er.

Fenna zieht das Band aus ihrem Pferdeschwanz und schüttelt ihre Haare. »So?«

»Ja. Du siehst so heiter aus heute. Immer noch wegen deines Geburtstags?«

Mirjam hört dem Gerede zu. Sie findet die Zeichnungen schön, die ihr Vater von ihren Freundinnen gemacht hat.

Vielleicht wird ihr Porträt am besten.

Und wenn nicht, macht sie einfach selbst eins.

Selbst ihrem Vater hat Mirjam nie erzählt, daß sie zeichnet, wenn sie allein ist. Sie hat keine Lust, es jemandem zu sagen. Man darf doch mal was für sich behalten.

Nur Gustav weiß es. Als sie das letztemal bei ihm war, angeblich, um von Sonja etwas zu borgen, hat er gefragt, was sie werden will. Ohne nachzudenken antwortete sie: »Malerin oder Bildhauerin.«

Zum Glück hat er sie nicht ausgelacht.

Fenna erzählt, daß sie in der letzten Nacht so einen schönen Traum gehabt hat. »Ich war in einem wunderbaren, blauen Unterwasserschloß. Man konnte ganz normal atmen, es war überhaupt nicht beengend. Mein Vater und meine Mutter durften nicht kommen. Der König der Fische hatte angeordnet, es sei für Eltern verboten. Und ich durfte so lange schwimmen, wie ich Lust hatte.«

»Das ist kein Traum«, sagt Mirjam. »Das ist ein Wunsch. Den Traum hast du gerade erfunden.«

Fenna schließt kurz die Augen. Das tut sie oft, wenn man etwas sagt, was ihr nicht gefällt. »Vielleicht war ich fast eingeschlafen. Ich wollte, ich wäre eine Seejungfrau.«

»Vielleicht wirst du im nächsten Leben eine«, sagt Mirjam. »Gustav sagt, daß man mehrere Leben haben kann. Stell dir vor, du kommst als Fräulein Baarsjes wieder auf die Welt. Dann mußt du Handarbeitsunterricht geben.«

Mirjam muß bei dieser Vorstellung lachen: Fenna und Fräulein Baarsjes sind nie gut miteinander ausgekommen.

Fenna ist nicht zum Lachen. Sie will aufhören, weil sie müde ist, und läuft aus dem Atelier.

Der Vater bittet Mirjam, noch einen Moment zu bleiben. Während sie die Skizze anschauen, fragt er leise: »Kannst du dafür sorgen, daß sie sofort nach Hause geht? Ihre Eltern fürchten, daß sie noch in den Wald gehen will, und heute morgen ging es ihr nicht so gut.«

»Wenn sie etwas will, kann ich sie nicht zurückhalten«, sagt Mirjam. »Aber ich werde es versuchen.«

Fenna lehnt draußen am Zaun und schaut in Richtung Wald.

»Kommst du mit? Ich will die Enten sehen.«

»Laß uns lieber bei dir zu Hause Scrabble spielen«, schlägt Mirjam vor.

Fenna seufzt. »Gib dir keine Mühe. Machst du am Samstag mit beim Balkenlaufen?«

Im Dorf ist es Tradition, am Ende des Sommers einen Wettkampf im Balkenlaufen zu veranstalten. Dafür wird über den großen Teich ein schmaler Balken gelegt. Der Oranienverein hat sich vor Jahren diesen Wettkampf ausgedacht.

Die Freundinnen haben immer mitgemacht, aber dieses Jahr wollen einige nicht.

Emmie will nicht, weil sie schon Brüste hat und glaubt,

daß alle nur darauf schauen werden, und Hanna kommt sich zu erwachsen vor für so ein Kinderspiel. Els hat noch nie mitgemacht. Sie hat Angst, die andere Seite nicht zu erreichen und ins Wasser zu fallen, und das ist ihr zu schmutzig.

»Ich mache auf jeden Fall mit«, sagt Fenna.

»Ich auch«, sagt Mirjam. »Dieses Jahr will ich gewinnen.«

Emmie steht zwischen den Zuschauern am Teich. Das ganze Dorf ist heute versammelt. Von der christlichen Gemeinde bis zu den beiden Dorfkommunisten sind alle da.

Die Mitspieler haben ihre ältesten Sachen an, und ihre Angehörigen stehen mit Handtüchern bereit. Die Rektoren der christlichen und der kommunalen Schule stehen ausnahmsweise brüderlich nebeneinander.

Emmie drückt ihren drei Freundinnen die Daumen.

Daß Fenna mitmachen darf! Ihre Eltern sehen besorgt aus, als hätten sie einen Krankenwagen bestellt.

Komisch übrigens, daß Fenna ihr noch nichts von dem neuen Spezialisten erzählt hat. Hanna meint , es hätte sich nichts Neues ergeben. Na ja, Emmie hat ja auch etwas zu erzählen und verschiebt es dauernd. Nächstes Jahr wird sie nicht mehr hier sein. Dann wird sie nur noch als Besucherin bei diesem Spiel sein. Bis jetzt weiß noch niemand, daß ihr Vater bald in einer anderen Stadt arbeiten wird und sie deshalb umziehen müssen.

Sie vergißt ganz, Mirjam anzufeuern. Hanna gibt ihr einen Stoß, und jetzt sieht sie, daß Mirjam die andere Seite erreicht hat.

Ich hab's geschafft! Mirjam keucht immer noch. Ich hab's geschafft, und Gustav hat mich gesehen. Gespannt schaut sie Susanne zu, die jetzt über den Balken muß. Sie hält sich gut im Gleichgewicht. Sieht so aus, als würde sie die andere Seite erreichen. Aber kurz vor dem Ende, da, wo der Balken sehr schmal wird, rutscht sie aus, plumpst ins Wasser und ist nicht mehr zu sehen. Als sie wieder auftaucht, klatschen ihr alle Beifall. Lauter als bei Mirjam, obwohl die doch das andere Ufer erreicht hat.

Susanne kriecht mit angewidertem Gesicht die Böschung hinauf und wird von ihrer Mutter in ein Handtuch gewickelt.

Susanne will dableiben. Mirjam riecht den ekligen Schlammgeruch.

Bei Susanne daheim haben sie nicht einmal eine Dusche.

Susanne merkt, wie der Schlamm langsam hart wird, aber sie will warten, bis Fenna drankommt. Vor ihr sind noch drei andere Kinder dran. Eins von ihnen, ein Junge, schafft es.

Jetzt sind es schon fünf, die solange weiterkämpfen müssen, bis einer gewinnt und die anderen in den Teich gefallen sind.

Man sieht Fenna an, wie sie sich konzentriert, und Susannes Mutter flüstert: »Ich hoffe so, daß sie es schafft. Wie ängstlich ihre Eltern aussehen. Und Gustav! Warum ist der denn so nervös?«

Gustav sieht Fenna auf dem Balken stehen. Er ist stolz auf sie. Als wäre sie seine eigene Tochter.

»Gut, Mädchen, du schaffst es!« flüstert er und schaut Sonja an. Aber die läßt sich nichts anmerken.

Fenna konzentriert sich kurz, dann geht sie Schritt für Schritt über den Balken. Sie ist schon in der Mitte, da breitet sie die Arme aus, um ihr Gleichgewicht zu halten. Gustav hält die Luft an. Er hätte sie über den Balken tragen wollen. Wenn sie nur Flügel hätte wie die Elfen, über die sie so oft miteinander sprechen. Mit ganzer Kraft konzentriert er sich auf sie.

Fenna steht immer noch reglos, und alle halten den Atem an.

»Schade«, sagt Sonja leise. »Sie fällt.«

Fenna gleitet langsam ins Wasser. Sie versucht noch nicht einmal, ihren Kopf über Wasser zu halten wie die anderen.

Sie läßt sich einfach fallen.

Traurig schaut Gustav zu, wie Fenna von ihren Eltern in dicke Handtücher gewickelt und sofort weggebracht wird. Heute läßt sie sich das gefallen.

Gustav bleibt, bis der Gewinner feststeht. Es ist ein Junge, den er kennt, weil er immer die Zeitungen austrägt.

Die Freundinnen sitzen in der Waldhütte. Es ist Herbst, der Sommer schon wieder vergessen. Hanna hat eine Flasche Sherry von ihrer Mutter geklaut. Abwechselnd trinken sie. Fenna will nach dem ersten Schluck nichts mehr trinken.

»Traust du dich nicht?« fragt Els.

»Es schmeckt mir nicht.« Fenna hat am frühen Nachmittag einen ihrer Zauberspiegel gemacht und hält den Zweig in der Hand.

»Du traust dich nicht«, sagt Mirjam. »Du hast Angst, dein Vater und deine Mutter könnten es erfahren.«

»Von uns erfahren sie nichts«, sagt Hanna.

Emmie nimmt bereits den dritten Schluck. »Los doch. Für etwas, das sie nicht wissen, können sie dir auch keinen Stubenarrest geben.«

»Ich trau mich schon!« ruft Fenna. »Klar trau ich mich!«

Sie wirft den Zauberspiegel auf den Boden und fängt an, darauf herumzutrampeln.

Erstaunt schauen die anderen zu.

»Nicht!« sagt Susanne. »Hör auf, bitte!«

Fenna wirft ihr einen so wütenden Blick zu, daß sie sofort den Mund hält.

Sie warten, bis Fenna aufhört, auf dem Zauberspiegel herumzutrampeln und nur noch kleine Holzstückchen auf dem Boden liegen. Niemand sagt etwas.

Keuchend setzt sie sich auf eine Kiste.

»Könnt ihr mal die Tür aufmachen?« flüstert sie.

Emmie macht die Tür auf. Sofort wehen Blätter herein. Emmie hebt eins auf und sagt: »Ich muß euch was sagen. Im Mai ziehen wir weg. Bei wem darf ich nächstes Jahr in den Ferien schlafen?«

JETZT

10

Das Fotoalbum liegt in Fennas Schrank. Sie will es nicht mit Emmie teilen. Es ist auch nicht mehr wichtig für sie, daß Emmie ihr über damals und Fenna 1 etwas erzählt. Fenna nimmt ein Foto aus dem Album, auf dem Fenna 1 in der Sonne auf einer Bank sitzt. Ihre Haare hängen offen über die Schultern, und ihr Gesichtsausdruck ist düster. Es ist das letzte Foto von ihr in dem Album. Dann kommen nur noch Bilder von fremden Kindern. Vermutlich Emmies neue Freundinnen nach dem Umzug.

Fenna steckt Fenna 1 in ihren Taschenkalender. Ab und zu holt sie sie heraus. Inzwischen redet sie öfter mit ihr als mit Marilyn.

Fenna sitzt in ihrem Zimmer und macht Hausaufgaben. Seit zwei Wochen schreibt sie alles mit rosafarbener Tinte. Das Foto von Fenna 1 hat sie aus dem Taschenkalender geholt und an eine Vase mit getrockneten Hortensien gelehnt.

»Ich habe einen Brief von Jiske bekommen«, erzählt sie dem Bild. »Sie schreibt, ihre Mutter habe ihr versprochen, nie mehr so zu schreien. Mirjam hat immer noch nichts von sich hören lassen. Gerard schon. Er hat Emmie angerufen und gesagt, Mirjam brauche ihre Ruhe.«

Eine Stimme sagt hinter Fenna: »Mit wem redest du?«

Fenna dreht sich erschrocken um. In der Türöffnung steht Hazel und starrt sie erstaunt an.

»Ich ... Französisch«, sagt Fenna. »Ich lerne Französisch.«

Sie hatte Hazel in der letzten Zeit nicht mehr angerufen, weil sie Angst hatte, sie müsse über Dan reden. Sie will ihr nichts von dem gemeinsamen Kinobesuch sagen. Sie muß ihr das ja auch nicht auf die Nase binden.

Hazel redet über das Theaterstück. »Es wird toll, sage ich dir. Am Schluß schneit es. Nein natürlich nicht in echt. Aber ich werde echt geküßt. Von Theo. Weißt du, was er gesagt hat? Es wäre egal, wen man als Vater habe, nur man selbst sei wichtig.«

Sieh an, denkt Fenna. Also auch Theo. Und was der sagt, muß ja stimmen.

Hazel deutet auf Fenna 1. »Wer ist das?«

Pech! »Das ... eh ... Fenna«, sagt Fenna und wird rot.

Hazel ist verwirrt. »Aber das bist doch nicht du? Ach so, die! Warum hast du ein Foto von ihr hier stehen?«

»Einfach so. Es stammt aus einem Album meiner Mutter. Einige waren lose. Das da auch.«

Weil sie darüber erst recht nicht reden will, fängt sie von dem schönen Film neulich an. Das hätte sie besser nicht tun sollen. Zehn Minuten, nachdem sie Hazel erzählt hat, mit wem sie im Kino war, verläßt diese wütend das Haus.

Sie schreit, daß sie Fenna nie, nie mehr sehen will, weil sie sie für ein hinterhältiges Miststück hält, und rennt die Treppe hinunter.

»Wir sind nur ins Kino gegangen«, ruft Fenna ihr noch nach. »Ich will ihn dir doch nicht ausspannen.«

»Das kannst du deiner Oma erzählen«, schreit Hazel. »Blöde Tussi!« Dann knallt sie die Haustür hinter sich zu.

Emmie, die gerade eine Kundin hinausgeführt hat, fragt, was um Himmels willen los war.

»Nichts«, sagt Fenna und schließt sich in ihrem Zimmer ein.

»Ich will keinen Krach mit Hazel«, sagt sie zu Fenna 1. »Aber ich finde Dan nun mal nett. Und außerdem haben wir nichts getan, worüber sie sich aufregen könnte.«

Emmie will, daß Fenna sofort alles in Ordnung bringt. »Ein Krach reicht. Habt ihr euch etwa wegen . . .«

»Laß mich doch in Ruhe!« sagt Fenna.

Aber Jolanda erzählt sie alles.

Jolanda ergreift Hazels Partei. »Sie hat recht. Ruf sie endlich an.«

»Ich dachte, du wärst meine Freundin«, sagt Fenna.

»Aber ihre auch«, sagt Jolanda. »Das hast du doch so gewollt, oder?«

»Ich will mit Dan schmusen«, sagt Fenna 1. »Du bist zwar meine Freundin, aber du mußt noch ein bißchen warten.«

»Ich will aber nicht warten«, sagt Fenna. »Und du kannst überhaupt nicht reden, dich gibt es nicht mehr.«

Fenna 1 zieht ein Gesicht wie auf dem Foto. »Ach, wirklich nicht?«

Es dauert eine ganze Woche, bis Fenna Hazel anruft. Vorher kriegt sie noch einen Anruf von Dan. Er sagt, daß er zu seinen Eltern zurückgeht.

An Weihnachten kehrt der verlorene Sohn heim.

Fenna gelingt es, ganz normal zu sagen, daß er natürlich immer willkommen ist, wenn er sie besuchen will.

»Du bei uns auch«, sagt er.

Das sieht sie anders.

Bevor er aufhängt, sagt er noch, sie solle Hazel grüßen.

Nun muß sie einfach telefonieren.

Hazel klingt eher gehetzt als sauer. »Ich habe nicht soviel Zeit, Theo kommt gleich zum Üben.«

»Ich soll dich von Dan grüßen«, sagt Fenna.

Einen Moment ist es still. »Ach, der Dorfprinz«, sagt Hazel.

»Und ich habe gedacht, daß du . . .« fängt Fenna an. »Bist du nicht mehr sauer?«

»Weißt du, daß Theo schon siebzehn ist?« sagt Hazel. »Im nächsten Jahr geht er auf eine Schauspielschule, außerdem meint er, ich hätte Talent. Ich muß jetzt aufhören, es klingelt an der Tür. Tschau, Bravo!«

Abends kommt Emmie ohne anzuklopfen in Fennas Zimmer. Das tut sie sonst nie. Zum Glück liegt Fenna 1 im Taschenkalender.

»Sorry«, sagt Emmie. »Aber das ist wirklich seltsam. Sie hat angerufen und gefragt, ob wir kämen.«

Fenna versteht sofort, wer gemeint ist.

»Ja. Mirjam will, daß der Club sich in den Weihnachtsferien bei ihr trifft.«

Bum! macht Fennas Herz.

»Sie sagte, mal müsse es wohl sein. Sehr merkwürdig. Aber auf so ein Theater wie das letztemal habe ich keine Lust. Willst du mitgehen?«

»Hm«, sagt Fenna. »Ich würde Jiske gern wiedersehen.«

»Du meinst wohl Dan. Hast du Hazel schon angerufen?«

»Ja«, sagt Fenna »wir haben keinen Krach mehr.«

Emmie lacht: »Und Hazel behauptet, sie wäre ihrer Mutter nicht ähnlich.«

Mirjam beweist, daß sie sich durchsetzen kann. Wenn Hanna recht hat, hat sie sogar Susanne überredet, sich zwischen Weihnachten und Neujahr ein paar Tage frei zu nehmen.

Els kommt auch. Ohne Pieter, und auch ohne Hunde.

Hanna hat offensichtlich wenig Vertrauen, daß das Treffen gut verläuft. »Für Mirjam mag es ja gut sein, aber ...« Als Emmie nachhakt, schweigt sie jedoch. Ich habe also recht, daß irgendwas nicht stimmt, denkt Fenna. Und wenn ich mich irren sollte, werde ich nicht Psychologin, sondern lege mich selbst auf die Couch.

Fenna sitzt in der Aula von Hazels Schule. Hazel steht auf der Bühne, und Fenna weiß: Die wird mal ganz groß. Wenn sie später irgendwann in der Schauburg sitzt oder einen Film anschaut, wird sie vielleicht Hazel sehen. Am Schluß heult sie, und neben ihr schlucken Emmie und Hanna.

Beim Applaus hält Hazel auffallend lange die Hand des Jungen fest, der neben ihr auf der Bühne steht.

»Theo«, sagt Hanna lachend. »Ich höre nichts mehr als Theo und Theater.«

Anschließend muß Fenna mindestens fünfmal bestätigen, wie gut Hazel war.

»Meinst du das wirklich ernst?« fragt Hazel. »Oder sagst du das nur, weil wir Freundinnen sind?«

Fenna sieht Hazels aufgeregtes Gesicht, in dem noch Schminkreste zu sehen sind. Sie wischt sie mit ihrem Taschentuch weg.

»Ich mein's ernst. Ist jetzt alles wieder gut zwischen uns?«

Hazel nickt. »Das wirst du schon merken, wenn wir bei dem Dorfprinzen sind. Ich komme auch mit. Theo fährt nämlich mit seinen Eltern nach Barbados.«

Sie verschwindet in der Menge. Fenna schaut ihr nach.

Vielleicht muß man so launisch sein, damit man gut Theater spielen kann.

Emmie und Fenna fahren durch das Dorf, das jetzt, im Winter, völlig anders aussieht.

Langsam versteht Fenna, daß man sich hier zu Tode langweilen kann. Hazel sitzt mit ihr hinten im Auto. Susanne wird mit dem Zug kommen, Els mit ihrem eigenen Wagen.

Zwei Tage und zwei Nächte, in denen sie Dan sehen kann.

Nächte?

Mirjam hat abgenommen. Sie gibt sich große Mühe, sie herzlich zu begrüßen, aber Fenna läßt sich nicht täuschen.

Jiske freut sich, sie zu sehen. Sie quatscht einfach los und erzählt, daß Dan und Gerard Susanne vom Zug abholen.

Els kommt mit einem funkelnagelneuen Auto an, das sie erst mal bewundern müssen. »Donnerwetter«, sagt sie, als sie von dem Schlafarrangement erfährt. »Genau wie früher, wir Mädchen in einem Zimmer. Ich habe Pieters alten Schlafsack dabei. Das war eine Hektik, ich mußte ihn erst reinigen lassen. Ein Clubtreffen! Wer hat sich denn das ausgedacht?«

Mirjam sagt, ihre Idee sei es nicht gewesen, aber Gerard habe darauf bestanden, vielleicht wäre es auch ganz gut.

»Ich habe massenhaft Tee gekocht«, sagt sie.

»Und Torte«, sagt Jiske. »Wir haben drei verschiedene Torten gebacken.«

Mirjam geht ihnen voraus ins Haus. »Ja, Torte«, murmelt sie. »Vor allem viel Torte.«

Sie trinken alle gemeinsam Tee, weshalb Fenna kaum ein Wort mit Dan allein hat wechseln können. Sie beobachtet Hazel, aber die ist mit ihren Gedanken ganz woanders.

»Das mit Theo ist ernst«, vertraut sie Fenna an. »Wir werden uns jeden Tag schreiben.«

Fenna läßt die Freundinnen von damals nicht aus den Augen. Nur Emmie scheint sich wohl zu fühlen. Die anderen wirken angestrengt. Mirjam gegenüber verhalten sie sich mütterlich besorgt.

Fenna schaut Mirjams mageres Gesicht an. Sie denkt: Wenn man krank ist, nimmt man oft in kurzer Zeit sehr viel ab. Man ist dann auch immer müde. Natürlich, das ist es! Mirjam hat eine furchtbare Krankheit, und das ist das letzte Treffen. Darum schläft sie so schlecht und benimmt sich so seltsam. Gerard dachte sicher, ein bißchen Ablenkung würde ihr gut tun.

Arme Mirjam. Ob sie deshalb öfter an Fenna 1 denkt? Fenna hat das Foto in der Tasche. Jemand, den man so oft im Traum trifft, läßt man nicht allein zu Hause.

»Was habt ihr vor?« fragt Gerard.

Fenna vermutet, daß er schon längst Pläne für sie gemacht hat. Kurz darauf enthüllt er sie auch.

»Ich habe mir folgendes vorgestellt: Die Kinder und ich kochen heute abend. Nach dem Essen kommen Gustav und Sonja zum Kaffee. Morgen wäre ein Waldspaziergang ganz angenehm. Schnee ist vorausgesagt, und es gibt nichts schöneres als einen verschneiten Wald. Später könnten wir dann ein kaltes Buffet und Suppe machen, und am nächsten Morgen das Treffen mit einem ausgedehnten Frühstück beenden.«

Dan verläßt das Zimmer. Hazel träumt vor sich hin, und Fenna ist erstaunt. Gerard hat einen Stundenplan für die Freundinnen gemacht. Lassen die sich das einfach gefallen?

Tatsächlich. Sogar Hanna fügt sich, und das bestätigt Fenna in ihrer Meinung, daß Mirjam sehr krank ist und vielleicht bald sterben wird.

Els sagt heiter, sie freue sich, Gustav wieder mal zu sehen. »Gott, ich habe erst vor kurzem kapiert, daß er andersrum ist. Hat er eigentlich einen Freund?«

»Was ist andersrum?« fragt Jiske.

Els wird rot. »Das ist eh . . .« Es ist ihr peinlich. Sie kichert.

»Jesus!« stöhnt Hanna. Zu Jiske sagt sie: »Els meint, daß Gustav Männer liebt.«

»Ach so, das«, sagt Jiske. »Warum sagt sie das dann nicht gleich?«

Els steht auf. »Wo kann ich mich frisch machen? Ich fühle mich ziemlich staubig nach der Fahrt.«

Mirjam geht mit ihr.

»Das mit Jesus tut mir leid«, sagt Hanna zu Susanne.

Susanne lächelt. »Du mußt dich nicht verstellen, mir gegenüber.«

Hanna lächelt zurück, und Fenna kommt aus dem Staunen nicht heraus.

Man muß zugeben, Gerard kann gut kochen. Fenna hilft Dan Salat machen, dreimal haben sie sich dabei berührt. Zufällig natürlich.

Hazel benimmt sich Dan gegenüber völlig normal. Keine Miss Dorf diesmal. Fenna ist so erleichtert, daß sie Hazels Theaterkünste überschwenglich lobt.

Nach dem Essen räumt Gerard das schmutzige Geschirr in die Spülmaschine, und die Freundinnen warten ab. Anders kann man es nicht nennen. Sie unterhalten sich vorsichtig über alltäglichen Kram und was sie an Weihnachten gemacht haben. Els erzählt, sie und Pieter seien an beiden Tagen zum Essen ausgegangen. Susannes Zentrum war voll, und ihrer Meinung nach hatten alle ein gesegnetes Weihnachtsfest gehabt.

»Und du, Mirjam?« fragt Els. »Warst du froh, daß du deinen Mann und beide Kinder wieder bei dir hattest?«

Mirjam schweigt.

»Familie kann etwas Wunderbares sein«, sagt Susanne.

Auch Hanna stimmt zu und sagt, daß eine intakte Familie niemanden fallen läßt, und ihrer Meinung nach könne Mirjam da nicht klagen.

Mirjam schweigt immer noch.

Alle sind erleichtert, als Gustav und Sonja endlich kommen.

Sonja ist eine herzliche Frau, ihre Küsse zur Begrüßung sind aufrichtig, und Fenna fühlt sich auf einmal fast wohl. Die Spannung im Raum läßt langsam nach. Gustav findet, daß Els und Susanne nicht verändert sind, und beide hören das gern. Els erkundigt sich nach seinen jetzigen Schülern. Als er hört, daß sie selbst keine Geige mehr anfaßt, sagt er: »Das ist schade, du hattest Talent.«

»Nicht genug«, sagt Els. »Aber darüber wollen wir nicht reden.«

Gustav erzählt von einem neuen Schüler, der sagte, er müsse in zwei Wochen Geige lernen, weil er da einen Fernsehauftritt habe.

Gerard, der inzwischen aus der Küche gekommen ist, meint, es gäbe noch Schlimmeres. Er kenne einen Mann, der an alle Sender schreibt, ob er in einer Fernsehdiskussion auftreten dürfe.

»Das finde ich richtig«, sagt Hazel. »Von allein passiert nichts.«

»Aber dieser Mann kann nichts«, sagt Gerard lachend.

»Na und?« sagt Hazel. »Wenn man im Leben was erreichen will, muß man etwas tun. Theo sagt, daß ...«

Mirjam steht abrupt auf und geht zum Fenster.

Leben ist für sie jetzt bestimmt kein angenehmes Thema.

Gerard und Hazel unterhalten sich noch eine Zeitlang, aber die Freundinnen achten nur auf Mirjam.

»Es schneit«, sagt sie.

Im Licht, das aus dem Fenster fällt, sehen sie dicke Flocken durch die Luft wirbeln. Alle freuen sich, bis Mirjam tonlos sagt: »Sie hat das auch so gern gehabt.«

Susanne hustet, und Els streicht sich nervös über den Rock.

»Wer hat das auch gern gehabt?« fragt Jiske.

Mirjam dreht sich um. »Sie!« schnauzt sie. »Sie, sie! Fenna!«

Jiske schaut verwirrt von ihrer Mutter zu Fenna, ihre Lippen zittern. Dan nimmt sie an der Hand und sagt, er bringe sie ins Bett und würde ihr ganz lang vorlesen.

Hazel und Gerard haben das alles nicht mitgekriegt. Emmie schaut Fenna fragend an, aber Fenna weiß genau, was Mirjam denkt. Natürlich beschäftigt man sich in Gedanken viel mit jemandem, der tot ist, wenn man selbst auch bald sterben muß.

Die Freundinnen setzen sich und reden über das Wetter. Mirjam bleibt am Fenster stehen. Fenna würde ihr gern zeigen, daß sie Bescheid weiß. Und daß Mirjam immer zu ihr kommen kann, wenn sie über sie reden will, über die andere Fenna.

»Ich . . .« sagt sie zu Mirjams Rücken, »ich habe . . . ein Foto von ihr.« Sie holt Fennas Bild aus ihrer Tasche. »Hier, ich leih es dir, wenn du willst.«

Mirjam dreht sich langsam um. Fenna will ihr das Foto geben, aber es fällt auf den Boden zwischen ihnen. Mirjam schaut ihm nach, dann sieht sie Fenna an. Plötzlich dreht sie sich um und rennt aus dem Zimmer.

»Jesus!« sagt Hanna.

Gerard folgt Mirjam. Er sagt noch, daß ihr in der letzten Zeit öfter schlecht ist. Els lacht hysterisch. Susanne hat die Augen geschlossen, und Hanna hört nicht auf zu fluchen.

Fenna hebt das Foto auf. Emmie versucht, sie aufzuheitern, aber Fenna fühlt sich todunglücklich. Sie mag sie nicht. Dans Mutter will nichts von ihr wissen.

DAMALS

11

Das schöne Wetter kommt früh in diesem Jahr. Im April kann man schon draußen sitzen. Emmie hat von ihren Eltern eine Agfa Clack bekommen. Eigentlich sollte es ein Geburtstagsgeschenk sein. Damit sie ihre Freundinnen vor ihrem Umzug noch fotografieren kann, hat sie den Apparat schon jetzt bekommen.

Sie ist mit Fenna im Garten. Fenna sitzt auf einer Bank, und Emmie richtet den Fotoapparat auf sie.

»Lach mal, du siehst so ernst aus.«

»Ich will nicht, daß du weggehst«, sagt Fenna. »In zwei Wochen bist du verschwunden und findest lauter neue Freundinnen. Du vergißt uns bestimmt.«

Emmie drückt auf den Auslöser. »Nein, nie. Ich komme immer wieder hierher.«

»Doch!« sagt Fenna.

Emmie läßt den Fotoapparat sinken. »Ich habe das doch versprochen.«

Fenna sieht immer noch ernst aus. Den ganzen Winter über war sie niedergeschlagen. Emmie hat inzwischen verstanden, daß der neue Arzt auch nicht helfen kann. Fenna wird nun jeden Tag von ihrem Vater mit dem Auto in die Schule gefahren. Sie findet das ganz fürchterlich. »Als wäre ich eine der holländischen Prinzessinnen«, hat sie Emmie zugeflüstert.

»Wie geht's mit Micha?« fragt sie.

»Es ist aus, das weißt du doch.«

Fenna nickt. »Ich wollte es gern noch mal hören.«

Sie hat jetzt einen Ausdruck im Gesicht, den Emmie gern festhalten würde, aber vor lauter Erstaunen vergißt sie es.

»Bist du etwa in ihn verliebt? Du machst dir doch nichts aus Jungen.«

Fenna zuckt die Schultern. »In der Fantasie schon.«

Emmie lacht. »An Fantasie fehlt es dir ja nicht. An die Elfen, von denen du immer erzählt hast, habe ich früher wirklich geglaubt.«

»Jetzt nicht mehr?« fragt Fenna.

Emmie fummelt verlegen an der Kamera.

Fenna redet weiter. »Du solltest mal nachts durch den Wald gehen. Oder traust du dich nicht?«

»Das hat nichts mit Trauen zu tun.«

»Doch. Ich glaube, daß du im dunklen Wald Angst hast.«

So gehässig ist Fenna sonst nie. »Ich habe keine Angst«, sagt Emmie.

»Gut. Beweise es. Du gehst irgendwann nachts in den Wald. Ich kann leider nicht mit, aber Hanna schon, die hat vor nichts Angst.«

»Doch! Sie traut sich nicht, auf Bäume zu klettern.«

Fenna schaut nachdenklich hoch. »Ach ja, daran hatte ich nicht mehr gedacht. Fragst du sie, oder soll ich es tun?«

»Meinst du das ernst?«

»Ja«, sagt Fenna entschieden. »Bevor du für immer weggehst, mußt du das noch tun.«

»Nicht für immer!« schreit Emmie. »Wie oft muß ich dir das noch sagen!«

Ein Fenster geht auf, und Fennas Mutter ruft: »Was? Ihr streitet euch? Komm lieber rein, Fenna. Das Wetter ist zwar schön, aber immerhin haben wir erst April.«

»Ja, Mam!« ruft Fenna, und zu Emmie sagt sie: »Nun?«

In zwei Wochen bin ich hier weg, denkt Emmie. Soll sie eben ihren Willen haben.

»Ich mache das, und wenn ich einer Elfe begegne, werde ich sie von dir grüßen. Kannst du jetzt wieder ein normales Gesicht machen?«

»Das ist normal«, behauptet Fenna. Emmie drückt zum letztenmal auf den Auslöser.

Emmie und Hanna gehen durch den Wald. Sie haben sich von daheim weggeschlichen. Beide haben Taschenlampen, die sie aber nicht brauchen, weil der Mond hell scheint.

»Hallo, Elfen!« ruft Hanna. »Schöne Grüße von Fenna!« Dann murmelt sie: »Sind wir blöd! Nur ihr zuliebe nachts in den Wald zu gehen. Siehst du eine Elfe? Ich nicht, komm, wir gehen heim. Ich sage allen, daß du dich getraut hast.«

Langsam gehen sie nach Hause. Vor der Tür gibt ihr Hanna plötzlich einen Kuß. »Ich werde dich vermissen.«

»Ich dich auch«, sagt Emmie. »Bevor wir umziehen, mache ich ein Abschiedsfest. Soll Mirjam einen ›Kalten Hund‹ für uns machen?«

Sie sitzen in Emmies ausgeräumtem Zimmer. An den Wänden sind helle Flecken, dort hingen früher die Fotos von Elvis. Mirjams ›Kalter Hund‹ ist schon aufgegessen.

Emmie hat ausnahmsweise zwei Flaschen Coca Cola kaufen dürfen. Sonst gibt's immer nur Zitronensirup, weil ihre Eltern glauben, daß man irgendwas Scheußliches von Coca Cola kriegt.

Emmie macht ihre Chipspackung auf und fischt das blaue Salztütchen heraus. Obwohl sie nicht so viel Salz essen soll, streut sie es über ihre Chips und fängt schnell zu essen an.

»Ohne Salz schmecken sie nicht«, sagt sie. »Sie müßten schon in der Fabrik gesalzen werden.«

Alle nicken brav.

»Kommt ihr morgen zum Winken?« fragt Emmie.

Alle wollen kommen, nur Fenna nicht. Emmie ist ein bißchen verletzt.

»Warum kommst du nicht?«

»Ich halte es nicht aus«, sagt Fenna. »Ich finde Abschied nehmen schrecklich.«

Mirjam hebt den Finger und deklamiert. »Abschied nehmen tut mir weh, ein Abschied ist so schwer. Wenn ich dich aber wiederseh, freu ich mich um so mehr.«

Erstaunt schauen sie sie an.

»Selbst ausgedacht?« fragt Els.

Mirjam nickt, wagt aber nicht, Fenna anzuschauen, weil die genau weiß, daß es aus ›Der kleine Harlekin‹ stammt. Mit diesem Spruch haben sie und Fenna sich früher immer verabschiedet.

Fenna verrät sie nicht.

»Ein schöner Spruch«, meint Susanne. »Was für Leute ziehen hier eigentlich ein?«

»Ein Ehepaar ohne Kinder«, sagt Emmie. Darüber ist sie froh. Schrecklich wäre, wenn ab nächster Woche ein Mädchen ihres Alters hier wohnte, das dann vielleicht ihren Platz einnehmen würde.

»Ein ganz neues Leben für dich«, sagt Hanna. »Wie fühlst du dich?«

»Komisch. Traurig und gespannt zugleich.«

Mirjam sagt, daß sie sie in drei Monaten bestimmt schon vergessen hat. Emmie wirft ihr einen bösen Blick zu. Susanne unterstützt sie und sagt:

»Das glaube ich nicht.«

»Traust du dich, um hundert Gulden zu wetten?« fragt Mirjam.

»Wenn ich sie hätte, schon. Das hat allerdings nichts mit Trauen zu tun, eher mit Vertrauen.«

Fennas Augen blitzen. »Trauen ist was anderes.«

»Das mußt du uns gerade sagen«, sagt Hanna. »Emmie hat jedenfalls gezeigt, daß sie sich traut. Sie war nachts im Wald, und deshalb mußt du morgen auch kommen, Angsthase.«

Fenna macht die Augen zu und schüttelt den Kopf.

»Kindisch«, sagt Mirjam.

Els macht eine Grimasse.

Emmie protestiert. »Es ist mein letzter Abend. Ihr könnt morgen noch streiten. Übrigens, ich habe noch was für euch.«

Sie schenkt ihnen die Fotos, die sie gemacht hat. Sie nehmen noch nicht endgültig Abschied, das werden sie morgen tun. Fenna wird von ihrem Vater abgeholt. Sie geht mit ihm, ohne besonderen Gruß.

Liebe Emmie,

ich finde es schlimm, daß du weg mußt. Deshalb kann ich heute morgen auch nicht kommen. Ich habe dich von allen am liebsten und habe Angst, daß ich weinen muß, und das will ich nicht.

Du hast mich nie ausgelacht wegen der Elfen (ich glaube

auch nicht, daß es sie gibt, aber es wäre so schön, wenn es sie gäbe).

Emmie, ich habe Angst, daß du andere Freundinnen findest und ich dich nie wiedersehe. Zum Glück habe ich ein Foto von dir. Klebst du meins in dein Album?

In Liebe. Immer deine Freundin.

Fenna.

Emmie faltet den Brief zusammen und steckt ihn in ihre Tasche. Fenna muß ihn früh morgens in den Briefkasten gesteckt haben. Sie hat sie am liebsten . . . Emmie muß husten, aber sie hustet schon ein paar Tage. Nervosität, meint ihr Vater. Ihre Mutter, die praktischer ist, sagt, sie sei einfach erkältet.

Emmie schaut sich um. Vor ihnen fährt der Umzugstransporter, sie fahren in ihrem eigenen Auto hinterher.

Die Nachbarn und Bekannten winken. Hanna, Mirjam, Susanne und Els stehen dicht nebeneinander. Hanna streckt den Daumen hoch, um ihr Mut zu machen. Susanne und Mirjam winken wie verrückt, Els bewegt gemessen die Hand.

Emmie drückt ihre Stirn an die Heckscheibe. Ich gehöre schon nicht mehr dazu, denkt sie traurig. Was werde ich in den nächsten Wochen alles erleben?

Ihre Mutter hält ihr ein Taschentuch hin. »Putz dir mal die Nase, Liebes.«

»Sie hat noch immer nichts von sich hören lassen, oder?« fragt Els. »Schon zwei Wochen weg, und keine Nachricht.«

Sie sitzen in der Holzhütte, die Tür ist spaltbreit geöffnet.

»Kann ich sie weiter aufmachen?« fragt Fenna.

Susanne schüttelt den Kopf. »Lieber nicht. Es sind Leute im Wald, und ich will nicht, daß sie uns hier sehen und es meinem Vater weitersagen.«

»So schlimm ist das mit der Tür doch nicht«, versucht Mirjam Fenna zu beruhigen. »Wir sind doch bei dir.«

Fenna gibt keine Antwort, und Susanne sagt schnell, daß Emmie bestimmt bald schreiben wird. »Ihr kennt sie doch.«

Hanna meint, man kenne Menschen nie so genau. Erst wenn sie handeln, wisse man mehr.

Sie sind still, alle sind mit ihren eigenen Gedanken beschäftigt.

Dann sagt Mirjam: »Indianer vermischen gegenseitig ihr Blut, dann gehören sie für immer und ewig zusammen.«

»Für immer und ewig.« Fenna hat einen bitteren Zug um den Mund. »Und ich habe ihr noch einen Br . . . Eine gute Idee, Mir! Ja, wir werden einander beweisen, daß wir für immer und ewig zusammengehören. Wir werden etwas tun.«

Die anderen schauen sie verwirrt an.

»Was?« fragt Els.

Fenna macht die Tür weiter auf. »Wir werden einander Mut und Trauen beweisen. Aber nicht dadurch, daß wir unser Blut vermischen, das findet niemand besonders schlimm.«

Sie nicken. Bei den Impfungen in der Schule ist niemand von ihnen je zusammengeklappt, dafür aber sechs Jungen, die sie kennen.

»Also, dann ist doch klar, was wir tun können«, sagt Fenna.

Susanne geht zur Waldhütte. Dort soll die Mutprobe stattfinden. Alle haben sich eine Ausrede ausgedacht, um gegen

Abend weggehen zu können. Susanne hat behauptet, sie wolle mit Mirjam Hausaufgaben machen. Zum Glück sind die Eltern nicht so befreundet wie die Töchter. Komisch. Sie hat ihre Mutter schon so oft gebeten, die anderen Eltern einzuladen, aber sie geht einfach nicht darauf ein. »Es paßt nicht«, sagt sie immer. Das versteht Susanne nicht. Sie hat es schon längst aufgegeben, so was verstehen zu wollen. Tief atmet sie den Geruch des Waldes ein. Weil es geregnet hat, riecht alles viel stärker.

Sie würde nicht von hier weggehen wollen. Und wenn sie ginge, würde sie bestimmt einmal in der Woche zurückkommen. Nicht wie Emmie. »Aus den Augen, aus dem Sinn«, sagte Hanna gestern noch. Susanne fragt sich, warum sie ihrerseits nicht an Emmie schreiben. Als ob sie ausgemacht hätten zu warten, bis Emmie etwas von sich hören läßt. Susanne seufzt und macht die Hütte auf. Wie immer ist sie die erste. Sie setzt sich auf eine Kiste und wartet.

Damit die Mutprobe wirklich fair ist, hat Mirjam vorgeschlagen, die Plätze auszulosen.

Susanne hofft, daß sie noch eine Weile zuschauen kann, und daß die anderen sich etwas Nettes für sie ausdenken.

Obwohl . . . nett wird es nicht werden. Erst war es noch ein Spiel unter Fennas Leitung, aber dann nahmen es alle ernst und wirkten irgendwie aufgeregt. Als hätte ihr Leben Glanz bekommen. Nach und nach erscheinen sie.

Fenna hat Zettel mit ihren Namen vorbereitet. Sie faltet sie zu winzigen Knäueln und stopft sie in eine leere Farbdose, die auf dem Boden steht.

»Wer holt sie raus?« fragt Els. »Alles muß fair zugehen!«

»Ein Kind«, schlägt Susanne vor.

»Mensch, bist du blöd«, sagt Mirjam. »Es soll doch niemand davon erfahren.«

»Nein«, meint auch Fenna. »Mach du's, Susanne, dann ist alles gerecht. Wer schreibt die Reihenfolge auf?«

»Wir müssen den bewiesenen Mut auch benoten«, sagt Hanna spöttisch.

Fenna lächelt Mirjam zu. »Du hast bestimmt einen Block und einen Bleistift dabei.«

Susanne sieht, wie Mirjam rot wird. Haben die beiden ein Geheimnis miteinander? Aber Mirjam holt tatsächlich einen Block aus ihrer Tasche. Einen Bleistift hat sie nicht, aber ein Stück Zeichenkohle.

Susanne macht die Augen zu und wühlt in der Farbdose. Els ist die erste. »Wer will mit mir tauschen?« fragt sie.

Niemand will.

Bald haben sie die Reihenfolge festgelegt. In Mirjams verschmierter Kohleschrift steht auf dem Block:

Els, Hanna, Susanne, Fenna, Mirjam.

Els lacht nervös. »Und nun, was habt ihr euch für mich ausgedacht? Einen Jungen küssen, z. B. finde ich sehr unangenehm.«

Susanne schaut hoch. »Aber das ist ihr . . .«

»Das findest du nicht unangenehm«, sagt Hanna. »Ich weiß, was dir unangenehm ist.«

»Ich auch«, sagt Fenna.

»Was denn?« fragt Susanne.

»Was bist du doch naiv«, sagt Mirjam. »Hast du noch nicht mitgekriegt, was Els wirklich haßt?«

Fenna lächelt Susanne zu. »Du bist zu lieb für uns. Els hat Angst vor Schmutz, stimmt's, Els?«

Susanne erinnert sich an das Balkenlaufen. Alle hatten mitgemacht. Alle, außer Els, die am Rand stehen geblieben ist. Und wenn sie draußen spielten und sich ins Gras legten, blieb Els immer stehen.

»Was muß ich tun?« fragt Els mit hoher Stimme.

Hanna kichert. »Einen ganzen Mülleimer mit bloßen Händen ausräumen.«

»Scheiße essen«, schlägt Mirjam vor.

Els schaudert.

»Ich weiß es«, sagt Fenna. »Du mußt in den Teich springen.«

»Wie soll das bei Tag gehen?« fragt Mirjam. »Das sieht doch jeder, und wenn wir warten, bis es dunkel ist, rufen deine Eltern die Polizei und den Krankenwagen.«

Fenna wirft ihr einen bösen Blick zu. »Halt deinen Mund, was meine Eltern betrifft. Und außerdem geht es wohl, nämlich im Teich hier im Wald.«

Els, die schon erleichtert ausgesehen hat, ruft: »Aber der ist noch viel dreckiger! Der ganze Schlamm, das mache ich nicht!«

»Du mußt aber«, sagt Fenna. »So ist die Spielregel.«

»Es gibt hier keine Handtücher«, sagt Els.

Mirjam meint, das gehöre zur Mutprobe. »Erst in den Teich, und dann schmutzig nach Hause. Du kannst ja sagen, du wärst aus Versehen hineingefallen.«

Fenna verspricht, dafür würde Els auch eine gute Note bekommen. Susanne schaut von einer zur anderen. Ist das überhaupt noch ein Spiel? Sie fühlt eine seltsame Spannung, als Els fragt: »Wann?«

»Jetzt gleich«, sagen die anderen.

Fenna schlägt vor, am Schluß eine Prüfungsfeier zu machen.

»Mirjam muß Urkunden zeichnen. Emmie weiß nicht, was sie versäumt. Findet ihr auch, daß sie schon nicht mehr zu uns gehört? Ins Wasser mit dir, Els!«

Els radelt zur Waldhütte. Vor ihr geht Mirjam, deshalb fährt sie langsamer. Sie möchte nicht reden. Sie hat sich schon sechsmal die Haare gewaschen, und sie stinken immer noch. Vom Rest ihres Körpers ganz zu schweigen. Sogar die Stellen, die sie sonst nie anfassen will, muß sie immerfort waschen und abtrocknen. Dieser schreckliche Teich mit Schlamm, verrotteten Pflanzenteilen und Entenscheiße. Die anderen standen am Rand und bestimmten, wann sie heraus durfte. »Noch ein bißchen weiter! Mit dem Kopf unter Wasser!« Endlich fanden sie, Els hätte ihren Auftrag erfüllt. Aber dann mußte sie noch den ganzen Weg nach Hause ihr Fahrrad schieben. Die anderen gingen mit, aber die hatten ja auch keinen Schlamm unter den Kleidern, zwischen den Beinen, in den Haaren und überall. Das Kleid, das sie anhatte, hat ihre Mutter gewaschen und gebügelt, aber Els weiß, daß sie es nie wieder tragen wird.

Neun Punkte gaben sie ihr. »Die anderen sollen erst mal besser sein«, denkt sie stolz und holt Mirjam ein.

Hanna hat heute ihre ältesten Kleider angezogen.

»Falls ihr mich in den Teich schickt.«

Els sagt giftig, Hannas einzige Angst wäre vermutlich die, daß sie keinen Jungen abbekäme.

Hanna lacht sie einfach aus. »Du verwechselst mich wohl mit Emmie.«

»Über die reden wir nicht mehr«, sagt Fenna. »Ich weiß, wovor du wirklich Angst hast.«

Hanna setzt sich auf eine der alten Kisten und sagt ungerührt, das wolle sie jetzt aber hören.

»Bäume. Du traust dich nicht, auf Bäume zu klettern.«

Hanna verzieht das Gesicht, und Els sieht ihr an, daß es stimmt.

»Also, dann muß sie auf den höchsten Baum klettern, hier stehen ja genug.«

Fenna denkt scharf nach. »Ich weiß einen besseren. Den Baum vor dem Haus der Person, die mal unsere Freundin war.«

»Und was ist mit den neuen Bewohnern?« fragt Mirjam. »Wenn die sie sehen?«

»Im Dunkeln sieht sie keiner«, antwortet Fenna. »Also heute abend. Ich kann nicht mit.«

Mirjam schüttelt den Kopf. »Das ist nicht fair. Du denkst dir so oft Ausreden aus, also kannst du das heute auch.«

»Nein.«

Mirjam schaut sie nachdenklich an. »Du hast ja recht. Du brauchst die Ausrede, wenn du an der Reihe bist. Heb sie dir auf, du brauchst dann wirklich eine gute.«

Hat sie sich schon was für Fenna überlegt? fragt sich Els. Angenommen, Fenna bekäme den Auftrag, ihre Sachen zu verschenken. Diese schönen, teuren Sachen. Aber das wäre nicht schlimm für sie. Fenna ist nicht geizig. Wenn einem was von ihren Sachen gefällt, kann man es haben oder wenigstens sehr lange leihen.

»Was machen wir bis heute abend?« fragt Hanna. »Kriege ich eine Henkersmahlzeit?«

»Ich backe einen Kuchen«, sagt Mirjam gutmütig. »Ich gehe schnell zu Sonja, die hat ein Rezept für mich. Kommt ihr mit?«

Ja! denkt Els. Sie würde dann Gustav sehen. Aber dann riecht er vielleicht was, und denkt, sie hätte sich nicht gewaschen. »Ich kann leider nicht mit«, sagt sie, »ich muß noch was für meine Mutter erledigen.«

Es ist schon zwei Tage her, und noch immer fühlt Hanna sich ganz zittrig. Vom Baum aus hat sie lange in die Fenster des Hauses geschaut. Früher hat Emmie dahinter geschlafen. Früher, als wenn das schon so lange her wäre! Als Hanna sehr vorsichtig am Stamm hinunterglitt und wieder Boden unter den Füßen spürte, war sie nicht nur erleichtert, sondern auch traurig. Emmie fehlte ihr. Sie hätte zusammen mit den anderen hier stehen und klatschen müssen.

Alle fanden, Hanna hätte achteinhalb Punkte verdient. Sie selbst meinte, neun. Nun sollte Fenna entscheiden. Warum immer Fenna? Sie ist doch nicht mal dabei gewesen.

Hanna tritt nach einem Stein und denkt, daß Fenna langsam alles bestimmt.

Sie sitzen in der Hütte. Susanne benimmt sich unauffällig. Vermutlich glaubt sie, sie würde unsichtbar und käme dann nicht dran.

Hanna hat lang über die Aufgabe nachgedacht, die man Susanne stellen könnte. Und sie hat nicht vor, sich die Sache ausreden zu lassen. Aber als sie ihren Vorschlag macht, sind alle einverstanden. Außer Susanne, natürlich.

»Ich kann das nicht«, sagt sie ängstlich. »Alle werden in Zukunft über mich lachen. Ich will nicht, und vielleicht schlägt er mich.«

»Bestimmt nicht«, sagt Hanna. »Micha küßt gern.«

Als sie Susannes entsetztes Gesicht sieht, geht sie noch ein bißchen weiter. »Er gibt lange, feuchte Küsse und steckt dir die Zunge ganz weit in den Mund. Und er drückt dich so fest an sich, daß du seinen Dingsbums fühlst. Darüber könnte Emmie auch was erzählen.«

»Hör doch auf!« sagt Fenna. »Hast du's genau verstanden, Susanne? Du gehst im Schwimmbad auf Micha zu und gibst ihm einen Zungenkuß. Hanna hat recht, es ist ihm bestimmt nicht unangenehm.«

»Was verstehst du denn davon?« sagt Hanna. »Paß auf, sonst verlangen wir noch von dir, zu ihm ins Bett zu kriechen. Oder vielleicht zu Gustav.«

Fenna dreht sich um, geht zur Tür und macht sie auf.

»Du wirst ordinär, Hanna.«

Miststück, denkt Hanna. Warte nur, vielleicht stecken wir dich mit Gustav und Sonja zusammen ins Bett.

Plötzlich sagt Susanne schrill: »Wenn es sein muß, tu ich es. Aber nur, wenn Fenna auch etwas macht, wovor sie große Angst hat.«

»Klar doch«, sagt Mirjam. »Und ich weiß auch schon was. Ich glaube, wir müssen nicht lange überlegen, was wir Fenna tun lassen, oder?«

JETZT

12

Es ist ein schöner Tag, nicht nur wegen des Schnees. Fenna und Dan begegnen sich ständig. Wo sie ist, ist er auch. Und umgekehrt. Das passiert wie von allein.

Mirjam hat Fenna kurz zur Seite genommen und gesagt, es täte ihr leid wegen gestern abend. Sie wäre so müde gewesen, deshalb. Fenna hat nach dem ersten Schreck großes Mitleid bekommen und gesagt, sie hätte es schon vergessen.

Die Freundinnen lassen Mirjam nicht aus den Augen. Immer, wenn sie aus dem Haus gehen und Mirjam nicht mit will, bleibt eine von ihnen zurück. Ob Emmie schon kapiert hat, was mit Mirjam los ist?

Fenna beschließt, noch nicht mit ihr darüber zu reden. Es würde wieder zu monatelangen Depressionen führen. Und Fenna hat keine Lust, noch einmal dafür zu sorgen, daß sich Emmies Stimmung bessert.

Gegen Abend machen sie Salat, Suppe und Nachtisch. Fenna und Dan arbeiten zusammen, und immer wieder berühren sie sich zufällig. Hazel sitzt auf einem Hocker, mit einem Glas Wein in der Hand. Sie trinkt und seufzt. Ab und zu sagt sie Sätze wie: »Jetzt liegt er in der Sonne.« Und »Auf Barbados gibt es sehr schöne Frauen.« Sie schaut zu Fenna und Dan hinüber. »Frisch verliebt«, murmelt sie, »die beiden schon.«

Mirjam, die das gehört hat, schaut hoch, und Fenna macht einen Schritt zur Seite. Fast hätte sie sich in den Finger geschnitten.

Sie überlegt sich, ob Mirjam vielleicht eifersüchtig ist. Gönnt man den anderen gar nichts, wenn es einem selbst nicht gut geht?

Aber Fenna 1? Die hat den anderen doch ihr Vergnügen gegönnt. Fenna träumt und schneidet sich wirklich in den Finger. Dan klebt ihr unter den wachsamen Augen seiner Mutter ein Pflaster darauf.

»Du bist wirklich verliebt«, sagt Hazel später.

Fenna gibt ihr keine Antwort. Jedenfalls ist das, was sie jetzt fühlt, neu für sie.

Das Buffet ist aufgebaut, und jeder kann sich bedienen. Fenna sitzt in einer Ecke und beobachtet die anderen. Hanna macht einen Teller für Mirjam zurecht, aber Mirjam ißt fast nichts.

Dan setzt sich neben Fenna. Gerard hebt sein Glas und sagt laut: »Auf den Club und daß wir uns alle noch oft sehen!« Viel Zustimmung bekommt er nicht.

Fenna nimmt eine kalte Kartoffel. Daß sich alle wohlfühlen, kann man nicht erzwingen, denkt sie, sowas klappt nie.

Gerard tut sein Bestes, er redet und macht Witze. Er erzählt eine Geschichte aus seiner Kindheit, irgendwas mit Weihnachtsferien.

Fenna hört nicht mehr hin.

»Willst du keinen Wein?« fragt Dan.

Sie schüttelt den Kopf.

»Sie schon.« Dan blickt zu Hazel hinüber, die nicht mehr ganz nüchtern ist.

»Sie vermißt Theo«, erklärt Fenna. »Den vom Theaterstück.«

Zum Glück verhält sich Dan überhaupt nicht wie ein enttäuschter Liebhaber.

»Gehst du mit mir in die Waldhütte?« fragt er sie.

Jetzt fängt mein Kopf zu leuchten an, denkt Fenna.

»Ich . . . ja.«

»Ich habe den Schlüssel«, sagt Dan. »Und für heute habe ich genug Leute gesehen.«

»Was höre ich da?« Mirjam steht starr wie eine Statue vor ihnen und schaut streng auf sie herunter. »Willst du mal wieder abhauen?«

Dan sagt ganz ruhig, er und Fenna wollten allein einen Spaziergang machen.

Mirjam dreht sich um. »Dagegen kann man wohl nichts machen«, sagt sie kühl. Danach würdigt sie sie keines Blikkes mehr.

Hanna will nicht, daß Hazel noch mehr Wein trinkt. Hazel ist schon nicht mehr nüchtern.

»Ins Bett mit dir!« Hanna packt Hazel, aber die wehrt sich und fällt prompt um.

»Theo«, hickt sie. »Wa-hrum läßt du mich allein?«

Hanna und Emmie führen sie ab. Gerard bringt Jiske ins Bett. Heute nacht wird sie nicht in seinem Haus schlafen, sondern drüben in ihrem eigenen Zimmer.

»Ich komme gleich und gebe dir einen Gutenachtkuß«, verspricht Mirjam.

Jiske gibt allen einen Kuß.

»Geht ihr in die Waldhütte?« flüstert sie.

»Pssst!« macht Dan und schaut zu Mirjam hinüber. Doch Mirjam schiebt gerade ein Holzscheit in den Kamin und achtet nicht auf sie.

»Jetzt«, sagt Dan. »Sonst gibt jeder noch seinen Kommentar ab.«

Dan hat eine Bootslaterne für die Hütte dabei. Der Wald ist durch den frisch gefallenen Schnee seltsam hell.

Fennas Stiefel sinken tief in den Schnee. Es ist kalt, und ihr Mantel ist zu schick, um warm zu sein. Trotzdem würde sie am liebsten stundenlang so weitergehen.

An der Waldhütte holt Dan einen Schlüssel aus der Tasche und schließt die Tür auf. Er stellt die Laterne auf eine Kiste und nimmt eine Decke.

»Hier, wickel dich rein.«

Dann holt er hinter einer Kiste eine Flasche Cola hervor.

»Ich habe kein Glas, wir müssen aus der Flasche trinken. Zum Glück ist die Cola nicht gefroren.«

»Wieso ist die hier?« fragt Fenna.

»Gestern hergebracht. Zur Zeit wird im Wald nicht gearbeitet.«

Abwechselnd trinken sie von der eiskalten Cola. Fenna, in die Decke gewickelt, fragt sich, ob sie Dan auch einen Zipfel anbieten soll. Das traut sie sich nicht. Die Bootslaterne scheint hell, und Fenna sieht, daß nur altes Gerümpel herumsteht. Trotzdem ist es für sie das schönste Haus, das sie je gesehen hat.

»Da sitzen wir also«, sagt Dan.

»Ja, da sitzen wir also«, sagt Fenna.

Dan hustet.

»Wie . . . eh . . .«, fängt Fenna an.

»Was . . . eh . . .«, sagt Dan gleichzeitig.

Sie schweigen beide.

»Du zuerst«, sagt Dan.

Fenna weiß nicht mehr, was sie sagen wollte, und er hat es offensichtlich auch vergessen, also ist es eine Weile ruhig.

Dan zittert. »Darf ich auch unter die Decke?«

Er riecht nach Zimt, denkt Fenna. Oder ist das die Cola? Was soll ich jetzt sagen? Von seiner Mutter reden? Vielleicht sucht er Trost, und ich bin für ihn wie eine Schwester? Aber eine Schwester umarmt man nicht so. Und einer Schwester gibt man auch keinen langen Zungenkuß.

Na sowas! Ich schmuse!

Fenna fühlt seine Hände unter der Decke und unter ihrem Mantel. Soll das so sein? Ja, das soll so sein, denkt sie zufrieden, als er seine Hände unter ihren Pullover schiebt. Soll ich ihn jetzt auch streicheln. Nein, das traue ich mich nicht. Und dieses Geräusch? Machen wir das, oder habe ich es nur im Kopf?

Das Geräusch kommt von draußen. Gerüttel an der Tür. Erschrocken lassen sie sich los. Die Tür wird aufgerissen.

Im Licht des Mondes und der Laterne steht Mirjam. Sie hat keinen Mantel an, nur ihre Strickjacke. Sie hat auch keine Stiefel an den Füßen, sondern norwegische Hüttenschuhe mit einer dünnen Sohle.

In ihren Händen hält sie ein Beil.

»Was ist los?« ruft Dan. »Wieso kommst du hierher?«

Er weiß, daß sie sonst nie in den Wald geht.

Mirjam schaut ihn verwirrt an. Sie gibt keine Antwort, sondern lächelt nur vage.

»Wo ist dein Mantel? Und was willst du mit dem Beil? Bäume fällen?« Dan ist fassungslos. »So ist es doch viel zu kalt für dich.«

Mirjam fuchtelt mit dem Beil herum.

»Paß auf, es ist scharf!« warnt Dan. Er steht auf und

will ihr die Decke geben. »Hier, häng sie dir um, Mam. Und gib mir das Ding.«

Die Schneide des Beils kommt auf ihn zu, und er macht einen Schritt zurück.

Dann fängt Mirjam an zu sprechen. Mit tonloser Stimme sagt sie: »Setz dich, ich will dir nichts antun.«

Dan setzt sich, das Beil richtet sich jetzt auf Fenna.

»Bleib lieber dort hinten. Ich will dir nicht weh tun, obwohl . . .« Sie zögert. »Vielleicht muß es sein. Alles muß nämlich verschwinden, weißt du.«

»Wovon redest du?« fragt Dan.

Mirjam fuchtelt mit dem Beil. »Das . . .«

»Bist du verrückt?« ruft Dan.

Sie läßt das Beil sinken und kichert.

»Was sagst du? Verrückt?«

Ihr Gehirn ist angegriffen, denkt Fenna. Wir müssen sie beruhigen. Aber das ist schwierig, wenn jemand systematisch auf seine Umgebung einhackt. Mirjam haut kräftig um sich. Kisten, Wände, alles wird zerhackt. Die romantische Beleuchtung ist auf einmal gespenstisch . . .

»Hör auf!« schreit Dan.

Mirjam macht weiter, und während sie hackt, sagt sie mit seltsamer Stimme:

»Weg, weg, weg. Das muß weg!«

Mit einem enormen Schlag hackt sie eine Wand einfach um. Die Splitter fliegen nach allen Seiten, kalte Luft strömt herein.

»Weg!« sagt Mirjam, und es klingt nur noch unheimlich.

Sie hackt und singt mit schriller Stimme: »Weg, weg, Hütte weg. Weg, weg, Fenna weg. Fenna, Fenna, Fenna.«

Fenna wird ganz steif. Fenna?

»Hör auf!« brüllt Dan und geht auf sie zu.

Mirjam läßt das Beil einen Moment sinken. »Du sollst dort bleiben, habe ich gesagt.«

Fenna legt ihre Hand auf Dans Arm. Das war dumm, denn jetzt richtet sich Mirjams Aufmerksamkeit auf sie.

»Fenna mit einem Jungen?« sagt sie erstaunt. »Merkwürdig. Fenna macht sich doch nichts aus Jungen!«

Mirjam starrt sie an, und Fenna bringt kein Wort heraus. Wen sieht Mirjam?

Wen immer sie sieht, freundliche Gefühle empfindet sie jedenfalls nicht. »Fenna muß weg! Schöne, gemeine Fenna.«

»Wovon redest du, um Himmels willen?« schreit Dan.

»Das werde ich dir gleich erzählen. Ich werde eine Geschichte erzählen. Über Mirjam und Fenna, über uns alle. Aber erst muß ich weiterhacken, ich muß diese Arbeit zu Ende bringen.«

Sie hackt und hackt. Fenna fragt sich, woher sie diese Kraft hat. Und plötzlich weiß sie, daß sie sich die ganze Zeit geirrt hat. Mirjam ist nicht körperlich krank, es ist etwas anderes.

Als Mirjam die zweite Wand fast umgehauen hat, hören sie Gerards ruhige Stimme.

»Es reicht jetzt, Mir. Willst du mir das Ding da nicht geben?«

Mirjam dreht sich um und hält das Beil fest.

»Ach?« sagt sie mit einer Kinderstimme. »Mein Sozialarbeiter kommt nach mir schauen? Willst du vielleicht einen ganz kleinen Schlag auf deinen großen Kopf?« Sie schwingt das Beil, und Fenna schreit gellend auf.

»Mama! Mama!«

Ihre Mutter ist nicht da, wohl aber Susanne, Els und

Hanna. Man sieht, daß sie ihre Mäntel hastig übergeworfen haben. Weil Fenna Sehnsucht nach ihrer Mutter hat, scheit sie noch einmal: »Mama!«

Mirjam läßt das Beil sinken. »Mama? Ich bin nicht deine Mutter.«

Susanne nimmt Mirjam entschlossen das Beil aus der Hand. Mirjam läßt es sich gefallen. Noch immer verwundert sagt sie:

»Aber ich bin Mutter, seltsam. Wie schnell das geht. Ich, eine Mutter.« Sie schüttelt traurig den Kopf.

Gerard gibt beruhigende Töne von sich und will seine Arme um sie legen.

»Weg!« zischt sie. »Ich will dich nicht, du ekelhafter Kerl.«

Er versucht es noch einmal, aber Hanna schiebt ihn sanft zur Seite. Sie nimmt Mirjam in den Arm.

»Komm mit, hier ist es viel zu kalt. Du mußt nach Hause. Du hast keinen Mantel und keine Schuhe an.«

Mirjam läßt ihren Kopf auf Hannas Schulter sinken. »Das habe ich vergessen«, sagt sie. »Dumm, nicht wahr?«

Susanne zieht ihren Mantel aus und gibt ihn Hanna, die Mirjam anzieht, als wäre sie ein kleines Kind.

»Komm, wir gehen jetzt.«

»Ja, das ist ein ekliger Platz«, sagt Mirjam. Sie deutet auf Gerard. »Aber ich will nicht zu ihm. Er darf nur mit mir gehen, wenn er nichts fragt. Gerard fragt dauernd, und ich soll antworten und ehrlich sein. Er will alles von mir wissen, sagt er.«

Hanna nickt. »Wohin willst du denn?«

»Zu Gustav natürlich.« Ihre Stimme bekommt einen verschwörerischen Ton. »Weißt du, ich habe es ihnen erzählt. Gustav und Sonja wissen alles. Schon sehr lange, und sie reden nie darüber. Sie können nämlich ihren Mund halten.« Den letzten Satz sagt sie zu Gerard, der unglücklich daneben steht.

Dan gibt einen rauhen Ton von sich. Mirjam schaut ihn an und sagt freundlich:

»Ich hätte dir nie etwas getan, bestimmt nicht. Sollen wir jetzt gehen?«

»Ich gehe auch mit«, sagt Hanna zu Gerard.

»Müssen wir nicht einen Arzt benachrichtigen?« fragt er.

»Vielleicht«, antwortet Susanne. »Laß sie erst mal zu Gustav gehen, dort fühlt sie sich sicher.«

Die Zurückgebliebenen schauen den beiden Frauen und Gerard nach. Dann nimmt Susanne vorsichtig Fennas Hand, und Els die von Dan.

»Kommt, wir gehen auch«, sagt Susanne.

Sie schauen sich noch einmal nach der Hütte um, die nun ein Trümmerhaufen ist. Dan weint leise, und Els legt tatsächlich den Arm um ihn. Susanne hält Fenna an der Hand, bis sie zu Hause sind.

Jiske war es, die unabsichtlich ihrer Mutter verraten hatte, daß Dan und Fenna in der Waldhütte sind. Sie sagte es auch den anderen, als die laut nach Mirjam riefen, weil sie plötzlich verschwunden war. Offensichtlich war den Freundinnen sofort klar, daß sie ihr nachgehen mußten. Emmie sollte daheim bleiben, bei Jiske.

Zum Glück schläft Jiske jetzt. Gerard und Hanna sind wieder zu Hause. Sie erzählen, daß Gustav Mirjam zwei Schlaftabletten gab und daß sie heute nacht in Sonjas Zimmer schläft.

Fenna hockt dicht neben ihrer Mutter. Sie hat sie schon viermal Mama genannt, der Name Emmie ist vorübergehend verschwunden.

Dan schluckt und fragt dann seinen Vater: »Was hast du mit ihr gemacht?«

Gerard gibt keine Antwort, und Hanna sagt:

»Nichts, Junge. Er hat ihr nichts getan, er wollte nur alles wissen.«

Fenna schaut auf. »Ich auch! Das wollte ich doch auch! Und ich habe mir das nicht nur eingebildet, nicht wahr? Es ging nicht um mich, sondern um sie, die andere.«

Hanna, Susanne und Els schauen sie ernst an.

»Du hast recht«, sagt Susanne. »Es ging nicht um dich. Natürlich ging es um sie.«

DAMALS

13

Susanne ist auf dem Weg zur Waldhütte. Gestern hat sie ihren Auftrag ausgeführt, es war ekelhaft.

Der ganze Club hat zugeschaut, wie sie im Badeanzug auf Micha zuging. Er hatte eine blaue Badehose mit weißen Streifen an. Micha war zunächst verblüfft, machte dann aber eifrig mit.

Seine Freunde johlten, während Susanne die Lippen auf seinen Mund drückte und ihre Zunge hineinschob. Sie kniff die Augen fest zu und versuchte, an die Deklination deutscher Substantive und an die französische Revolution zu denken. Es nützte nichts, denn er schlug die Arme fest um sie, und dann fühlte sie sein Ding.

Sie riß sich los und rannte an den anderen vorbei zu den Umkleidekabinen. Erst spülte sie sich den Mund. Dann zog sie sich zitternd an.

Hanna klopfte an der Tür. »Gehst du jetzt schon heim?«

»Ja.«

»Bleib doch noch!«

»Nein, ich habe mich lächerlich gemacht.«

»Wie kommst du denn darauf? Du bist die Heldin des

Tages. Die Jungen haben gesagt, so eine Draufgängerin hätten sie noch nie erlebt.«

Susanne mußte sich fast übergeben.

»Ich muß wirklich gehen.«

Sie schlug das Handtuch vors Gesicht und rannte aus dem Schwimmbad. Sie überhörte Zurufe wie: »He! Sexbombe! Machst du das mit mir auch mal?« Und: »Eine ganz Scharfe!« Sie pfiffen hinter ihr her. Susanne wußte, daß sie in diesem Sommer nicht mehr schwimmen gehen würde.

Sie macht die Hütte auf und wartet. Der Geruch von Blättern, Moos und Maiglöckchen steigt ihr in die Nase. Sie pflückt ein paar Stengel, steckt ihre Nase hinein und versucht, nicht mehr an Micha zu denken. Für ein paar Momente gelingt ihr das.

Sie haben beschlossen, ihr neun Punkte zu geben.

»Es war wirklich sehr mutig von dir«, sagt Fenna.

Hanna will wissen, ob es ihr nicht doch ein kleines bißchen gefallen hat.

Susanne schüttelt heftig den Kopf.

»Wirklich nicht?« fragt Els.

»Hört auf, sie zu quälen«, sagt Mirjam.

»Heute bist du dran, Fenna.«

Fenna steht an der offenen Tür.

»Also los, was?«

Susanne fällt so schnell nichts Richtiges für Fenna ein.

Fragend schaut sie die anderen an.

»Deine Geige kaputt trampeln, wie du es mit dem Zauberspiegel gemacht hast«, sagt Els.

Fenna zuckt mit den Schultern. »Von mir aus.«

»Nein«, sagt Hanna. »Das ist für sie überhaupt nicht

schwierig, sie kriegt sofort eine neue Geige. Abends ins kalte Schwimmbad springen, ohne vorher zu duschen oder sich abzukühlen.«

»Das ist keine gute Idee«, sagt Susanne. Sie will nicht sagen, warum, weiß aber, daß das sogar für sie gefährlich ist.

»Ich weiß«, sagt Mirjam langsam. »Hat außer mir niemand kapiert, wovor Fenna wirklich Angst hat?«

Susanne weiß in der Tat etwas, aber darüber wird nie gesprochen.

Hanna geht zur Tür, schiebt Fenna zur Seite und macht die Tür zu.

»Meinst du das?«

Mirjam nickt. »Sie muß eine Stunde mit geschlossener Tür in der Hütte aushalten, allein.«

»Nein«, sagt Fenna.

»Nein?« fragt Hanna. »Wirst du feige, nachdem alle anderen ihre Aufgaben gelöst haben?«

Fenna seufzt.

»Du mußt nicht«, sagt Susanne schnell.

Fenna lächelt.

»Ich weiß, daß ich muß, und ich werde die Aufgabe noch erschweren. Ich schlafe die ganze Nacht allein in der Hütte.

Ich nehme einen Schlafsack mit und bleibe von ungefähr neun Uhr abends bis acht Uhr morgens hier. Das würdet ihr euch nie trauen.«

Sie hat recht. Hanna sagt, sie würde gern noch mal mit Emmie in den Wald gehen, aber eine ganze Nacht allein? Nie!

»All die Tiere und die Geräusche.«

»Für sie sind es natürlich Elfen«, sagt Mirjam. »Gut. Aber dann mußt du es auch wirklich aushalten und nicht nach zwei Stunden heimrennen. Können wir uns darauf verlassen?«

»Natürlich«, sagt Fenna, »euch gegenüber bin ich doch immer ehrlich.«

»Was willst du deinen Eltern sagen«, fragt Mirjam. »Du darfst doch nicht einfach eine Nacht wegbleiben.«

»Ich kann doch sagen, daß ich bei dir schlafe, oder? Ich sage, daß wir ein Referat machen müssen, dann sind sie einverstanden. Sie rufen bestimmt nicht bei deinen Eltern an und fragen, ob ich da bin. Sie vertrauen mir, verstehst du.«

Mirjam wird rot, und Fenna grinst.

»Wart nur ab, bis du einen Auftrag kriegst, Mir. Aber ich muß meine Eltern noch vorbereiten, deswegen geht es erst übermorgen. Einverstanden?«

Fenna wird also übermorgen eine Nacht in der Hütte schlafen.

Susanne schenkt ihr die Maiglöckchen. Fenna lächelt. »Ich wickle mir deinen Schal um den Hals. Wir haben zu Hause eine Bootslaterne, die ist hell genug, daß ich lesen kann. Ich glaube, daß ich Andersens Märchen noch einmal lese, die sind genau richtig im Wald.«

Susanne darf gar nicht daran denken. Ihr Auftrag war schrecklich, aber Fennas ist auch nicht gerade einfach.

Susanne steht an der Hausecke bei Fenna und wartet auf sie. Sie wollen zusammen zur Hütte gehen.

Fenna erscheint mit ihrem Schlafsack und einer Bootslaterne.

»Haben sie nichts gesagt?« fragt Susanne.

Fenna lacht. »Doch, natürlich. Aber ich habe ihnen erzählt, Mirjams Mutter wäre gerade beim Hausputz, und die Decken würden zum Lüften im Garten hängen. Die

Laterne muß ich angeblich deshalb mitnehmen, weil Mirjams Lampe kaputtgegangen ist.«

»Und das haben sie geglaubt?«

»Ja, klar. Ich muß natürlich rechtzeitig ins Bett und soll nicht zu lange reden. Das konnte ich ihnen ruhig versprechen, denn heute nacht werde ich meinen Mund nicht oft aufmachen.«

»Zum Glück haben wir schönes Wetter«, sagt Susanne. »Paß nur auf, daß du die kalte Luft nicht einatmest. Roll dich einfach gut in deinen Schlafsack.«

»Du bist so fürsorglich«, sagt Fenna spöttisch. »Du mußt später mindestens sechs Kinder kriegen. Aber das heißt natürlich, daß du ES oft machen mußt.«

»Hör auf!« Susanne weint fast. »Ich bin nicht Emmie.«

»Emmie?« fragt Fenna. »Wer ist das?«

Susanne hält den Mund, bis sie bei der Hütte sind.

Mirjam hat eine Tüte Butterbrote für Fenna mitgebracht. »Du schläfst doch bei mir! Ich muß dich also auch versorgen. Hast du das Buch nicht vergessen? Du wirst kaum schlafen können, weil es so unheimlich ist.«

»Ich kann prima schlafen«, sagt Fenna. »Danke für die Brote.«

Sie unterhalten sich noch, bis es dunkel wird und die anderen nach Hause müssen. Susanne breitet den Schlafsack auf dem Boden aus.

»Gut so? Ist es nicht zu hart für dich?«

»Prima«, sagt Fenna. »Kommt ihr mich morgen wekken?«

Das versprechen sie und gehen alle vier weg.

Fenna steht in der Türöffnung und winkt ihnen nach. Die Bootslaterne brennt inzwischen, und Susanne denkt: In diesem Licht sieht sie aus wie eine von ihren Elfen.

»Tschau!« ruft sie. »Tschau, Fenna! Bis morgen!«

»Es reicht«, sagt Mirjam. »Sie fährt nicht nach Amerika. Geh weiter.«

Susanne schiebt einen Zweig zur Seite. Noch einmal schaut sie zurück. Fenna ist jetzt allein in dem dunklen Wald.

»Das würde ich mich nie trauen«, sagt Susanne schaudernd.

»Ich auch nicht«, sagt Hanna. »Wir müssen ihr eine hohe Punktzahl geben.«

»Die Nacht ist noch nicht vorbei«, sagt Els.

Mirjam bleibt stehen. »Ich glaub's einfach nicht.«

»Was glaubst du nicht?« fragt Susanne.

»Sie hält uns zum Narren. Ich glaube nicht, daß sie das unheimlich findet.«

»Wieso nicht?« fragt Susanne.

»Du kannst manchmal so dumm sein!« schnauzt Mirjam. »Ich glaube, Fenna findet das eigentlich ganz schön. Sie war viel zu schnell einverstanden. Und Fenna tut nie etwas, was sie nicht wirklich will. Sie will uns nur weismachen, daß sie etwas Besonderes tut. Ja, das ist es.«

Jetzt stehen sie still und schauen zurück, dorthin, wo hinter den Bäumen die Hütte steht.

»Fenna tut immer nur, wozu sie Lust hat«, sagt Mirjam.

»Aber sie darf fast nichts«, protestiert Els und zählt auf, was Fenna alles nicht darf.

»Laß uns gehen«, drängt Susanne. Aber auch sie bleibt stehen.

»Auf mich wartet niemand. Sie sind zu einem Vortrag gegangen, über Auswanderung nach Australien.«

»Mein Vater und meine Mutter auch«, sagt Els. »Nicht daß wir auswandern, sie waren nur neugierig. Vielleicht hast du recht, Mir. Die vielen Geigenstunden, die sie schwänzt. Ich glaube, sie ist dann immer im Wald und wartet auf die blöden Elfen. Da kann sie lange warten.«

Mirjam kichert. »Wir könnten ihr ein paar Elfen besorgen.«

»Wie denn?« fragt Hanna. »Willst du etwa mit Papierflügeln im Wald herumtanzen?«

Mirjam dreht sich um und geht zurück.

»Was machst du?« ruft Susanne.

Mirjam ruft zurück: »Ihr zeigen, was wirklich unheimlich ist, und wenn ihr jetzt ganz still seid, klappt es auch. Jedenfalls wird sie endlich wissen, daß sie mich nicht hinters Licht führen kann. Wer heim will, kann ja gehen.«

»Ja, aber«, sagt Susanne noch, dann denkt sie an den schrecklichen Micha.

Hanna schaut nachdenklich die Bäume an.

Els erinnert sich an den Teich.

Ohne ein Wort zu sagen, schleichen sie hinter Mirjam her.

Die Tür steht weit offen. Fenna liegt im Schlafsack auf dem Boden, Susannes Schal um den Kopf gewickelt. Sie liest.

Jeder weiß, daß Fenna dann fast unerreichbar ist. Sie beobachten, wie Fenna, ohne den Kopf zu heben, eine Scheibe Brot aus der Tüte nimmt und hineinbeißt. Dann tritt Susanne auf einen Zweig.

Fenna hebt den Kopf. »Wer ist das? Elfen, seid ihr es?« Sie lacht.

»Ja!« schreit Mirjam und schlägt die Tür zu. Sie gibt Susanne ein Zeichen, sie solle zuschließen. Susanne zögert, dann gehorcht sie.

»Laß das«, ruft Fenna durch die geschlossene Tür. »Das war nicht ausgemacht.«

»Wir haben uns jetzt etwas anderes überlegt«, schreit Mirjam. »Du sollst auch etwas tun, wovor du Angst hast.«

»Hab ich doch!« schreit Fenna und hämmert gegen die Tür.

Hanna hämmert zurück. »Nein, das war dir nicht unheimlich.«

»Doch!« schreit Fenna. »Los, mach die Tür auf, dann denken wir uns was anderes für mich aus.«

Susanne betrachtet die geschlossene Tür. Sie will den Mund aufmachen, um Fenna zu trösten, da sagt Els:

»Hör zu, du machst jetzt, was wir uns für dich überlegt haben. Ich mußte auch in diesen Dreckteich!«

»Bist du da, Susanne?« ruft Fenna.

»Ja. Du mußt nur kurze Zeit mit geschlossener Tür aushalten.« Sie schaut die anderen an.

»Eine Stunde«, sagt Mirjam. »Länger nicht.«

Fenna fängt an, rhythmisch gegen die Tür zu schlagen. »Laßt mich raus! Ich will das nicht!«

»Gleich!« sagt Mirjam.

»Gleich!« sagen ihr die anderen nach.

Fenna hämmert gegen die Tür und hört nicht auf zu schreien.

»Kommt«, sagt Mirjam. »Wir gehen ein bißchen weiter weg und warten dort.«

»Ich bleibe in der Nähe«, ruft Susanne. »Hast du mich gehört?«

Fenna schreit und schreit.

Sie stehen in einiger Entfernung.

»Die kann aber schreien!« sagt Els.

Susanne will zur Hütte zurück, aber Mirjam hält sie zurück. Sie schaut auf das Leuchtzifferblatt ihrer Armbanduhr.

»Noch eine Viertelstunde«, sagt sie.

»Wird die wütend sein«, sagt Hanna. »Aber jetzt sollten wir sie rauslassen, finde ich. Es reicht jetzt wirklich. Außerdem, sie hat ihre Lektion bestimmt gelernt. Sie schreit nicht mehr.«

»Sie wird ein Butterbrot essen«, sagt Mirjam. »Darum hält sie ihren Mund. Oder was meint ihr?« Ihre Stimme klingt nicht mehr so sicher.

Susanne fängt als erste an zu rennen. »Ich komme, Fenna! Hier bin ich schon!« Sie dreht den Schlüssel im Schloß und reißt die Tür auf. »Wir sind da! Schau mal, die Tür ist offen. Du kannst die Sterne sehen . . . Fenna? Fenna!«

JETZT

14

Emmie und Dan sind überrascht und entsetzt.

Gerard hat den Kopf in die Hände gestützt. Zum erstenmal hat er sich schweigend eine Geschichte angehört, denkt Fenna. Für sie passen jetzt alle Teile zusammen.

Die Freundinnen haben sich beim Erzählen gegenseitig ergänzt und schauen die anderen nun fragend an. Als warteten sie auf ein Urteil.

»Oh Gott!« sagt Emmie. »Das hätte ich nie vermutet. Ich dachte, daß ihr nur sauer auf mich seid. Und daß Mirjam überspannt wäre wegen . . .« Sie schaut Gerard an. Der nimmt die Brille ab, und Fenna sieht Tränen in seinen Augen.

»Ich habe gewußt, daß sie irgend was verborgen hat. Manchmal hat sie kaum geschlafen, und wenn sie schlief, hat sie laut geträumt. Morgens, wenn ich sie gefragt habe, tat sie, als könnte sie sich an nichts erinnern. Ich wollte ihr so gern helfen. In der letzten Zeit wurde es immer schlimmer.«

»Für uns alle«, sagt Hanna. »Nicht wegen dir, Fenna. Aber du und Emmie, ihr habt alles wieder aufgewühlt.

Mirjam ist immer weiter abgerutscht. Sie war auch euer Telefonschweiger. Sie hat mir erzählt, daß sie mit euch reden wollte. Aber jedesmal, wenn sie die Nummer gewählt hatte, bekam sie Angst und hängte auf. Wir haben gedacht, dieses Treffen würde ihr guttun. Uns auch. Deshalb sind wir gekommen. Es hat nichts geholfen.«

Sie dreht eine Haarsträhne um den Finger.

Dan hat eine heisere Stimme. »Aber es war doch ein Unglück. Ein Spiel! Es ist euch nur aus der Hand gerutscht, ihr habt es doch nicht mit Absicht getan.«

Die Freundinnen schauen einander an.

»Da ist noch was«, sagt Susanne.

»Mußt du es wirklich erzählen?« fragt Els.

Susanne nickt, aber dann ist es Hanna, die das Wort ergreift. »Wir sind weggelaufen. Wir haben sie die ganze Nacht tot da liegen lassen. Wir sind nach Hause gegangen. Wir fühlten keinen Herzschlag mehr, und da sind wir in Panik weggerannt. Das habe ich mir nie verziehen.«

»Ihr wart doch noch so jung«, sagt Emmie.

Hanna redet einfach weiter. »Als sie die Waldarbeiter am nächsten Morgen in der Hütte fanden, kam es zu einer Untersuchung. Die Polizei wollte wissen, wieso sie in der Hütte war. Wir haben gesagt, wir wüßten das nicht, daß sie aber oft allein in den Wald ging, um ihren Eltern zu entwischen. Sie glaubten uns, weil Gustav sagte, sie habe oft die Stunden geschwänzt. Alles war schnell vergessen. Niemand hatte erwartet, daß Fenna lange leben würde.«

»Wir haben es natürlich nie vergessen«, sagt Susanne. »Ich frage mich, wie unser Leben verlaufen wäre, wenn wir es gleich erzählt hätten.« Sie lacht bitter. »Ich habe danach nie wieder Brot mit Erdnußbutter essen können.

So eins lag nämlich neben ihr. Ich sehe es noch vor mir. Ein Stück war abgebissen. Der Geruch nach Erdnußbutter ... und ihr Gesicht.«

»Hör auf!« sagt Hanna. Sie schaut Fenna traurig an. »Du hast dich sehr für sie interessiert, glaube ich. Hazel hat mir neulich von dem Foto erzählt.«

»Zuerst gar nicht«, sagt Fenna. »Aber ihr habt auf meinen Namen und auf alle Geschichten von damals so seltsam reagiert. Was ich auch nicht verstanden habe, war eure seltsame Freundschaft. Anrufen und alles wissen, sich aber nie besuchen.«

»Das hat sich von allein so entwickelt«, sagt Susanne. »Wir konnten einander nicht loslassen, aber normal miteinander umgehen konnten wir auch nicht mehr. Und darüber reden wollten wir auch nicht. Mirjam hat es schließlich Gustav erzählt. Sie wußte, daß er uns nie verraten würde.«

Sie schweigen, und Fenna denkt an Hazel und Jiske. Nein, sie wird ihnen diese Geschichte auch nicht erzählen. Mirjams Zusammenbruch wird wohl wieder mit Erschöpfung erklärt werden.

Sie betrachtet die Erwachsenen um sich herum. Es wird ihr alles zuviel. Sie will hier weg.

»Ich gehe schlafen«, sagt sie.

Dan steht auf. »Ich auch.«

Aber Fenna will nicht neben Hazel liegen, die ihren Rausch ausschläft. Sie fragt: »Darf ich mit zu dir?« Heute nacht traut sie sich alles. Er schaut von seinem Vater zu ihrer Mutter.

»Gut«, sagt Emmie.

Gerard sagt nichts.

»Eh ...« sagt Dan zögernd, »ich ... eh ... ich werde die Situation nicht mißbrauchen.«

Emmie lacht ihn an. »Geht ihr nur, ich koche Kaffee.«

Fenna schaut ihre Mutter an. Sie sieht ruhig aus, Fenna wird ihretwegen keinen Notdienst anrufen müssen.

»Tschau, Mam.«

Dan hat ein breites Bett, trotzdem bietet er an, er könne auf dem Boden schlafen.

»Das ist nicht nötig«, sagt Fenna.

Sonderbar, vor kurzem haben sie noch miteinander geschmust, aber jetzt hat sie gar kein Bedürfnis mehr danach. Jetzt will sie nur dicht neben ihm liegen. Zum Glück denkt er auch so.

»Hattest du so etwas erwartet?« flüstert er im Dunkeln.

»Nur ungefähr«, sagt Fenna leise. »Genau das aber nicht.«

»Sie konnten nichts dafür, oder?« sagt Dan. »Es ist ihnen aus der Hand gerutscht.«

Fenna nickt in der Dunkelheit.

»Wenn die Weihnachtsferien vorbei sind, habe ich genug verdient für einen zweiten Helm«, sagt Dan. »Fährst du dann mal mit mir?«

»Natürlich.« Fenna setzt sich auf. »Glaubst du, daß ihr Leben anders verlaufen wäre?«

»Ich weiß es nicht«, antwortet er.

»Ich auch nicht.«

Dan legt den Arm um sie. »Schlafen wir jetzt?«

Fenna macht die Augen zu, und lange Zeit sieht sie die Bilder von Fenna 1 vor sich.

Dans Atemzüge werden ruhiger, sein Arm liegt um Fenna.

Siehst du das? sagt sie zu Fenna 1, ich schlafe mit dem Waldbrummer. Tschau, liebe Fenna. Gehst du jetzt zu deinen Elfen?

In ihrem Versteck erzählen Dini und Helma sich ihre geheimsten Gedanken und Gefühle. Dini bewundert die Freundin, die soviel mehr als sie von der Welt der Erwachsenen weiß . . . Offen spricht die Autorin aus, was Mädchen im Pubertätsalter bewegt: ihre Fragen nach Sexualität, Liebe und Freundschaft, ihre Zweifel und Ängste. Band 385

Sophie, 16 Jahre, wird von ihrem Vater und dessen Freundin ins Internat «abgeschoben». Kerstin, das «schwarze Schaf», wird dort ihre Freundin. Als die nach einem nichtigen Vorfall rausgeworfen werden soll, begreift Sophie: Wer aus der Reihe tanzt, hat hier keine Hilfe zu erwarten . . .
Band 371/DM 6,80

Leni will nicht so leben wie ihre Mutter: Behütet, ohne Beruf. Bei den «Wandervögeln» hört sie von neuen Ideen der Jugend: Ausbrechen – anders leben – protestieren gegen die strengen Regeln in der Schule und zu Hause. Aber gilt das auch für Mädchen? – Leni erfährt, wie schwer es ist, eigene Lebenswünsche durchzusetzen. Doch sie gewinnt Selbstvertrauen in der Gemeinschaft. Sie wird einmal ein selbständiges Leben und einen Beruf haben. Band 373

Marie hört immer neue schreckliche Gerüchte über Ursula, ihre ältere Freundin und Vertraute. Von einem Blutzeichen wird gemunkelt, das Ursulas Schuld am Tode eines Kindes beweise. Immer enger zieht sich der Ring um sie zusammen. Und auch Marie gerät zunehmend in Gefahr . . . Die «Hexe» Ursula hat übrigens wirklich gelebt: um 1590 in Nördlingen.
Band 300/DM 5,80

Morella, ein etwas dickliches Mädchen, leidet unter Einsamkeit. Als ihre einzige Freundin ihren ersten Freund hat, will sie das Paar mit aller Gewalt trennen. Ihr Plan gelingt zunächst, aber dann wird die Intrige aufgedeckt.
Band 348/DM 5,80

Irgend etwas stimmt nicht mehr zwischen Janne und mir. Was ist nur los mit uns? fragt Katrin sich. Janne nervt es, daß alle ihr die Schwester als Vorbild vorhalten. Und Katrin will nicht länger die Große und Vernünftige sein, die im Schatten der schöneren Schwester steht. Irgendwann fangen sie an, miteinander zu reden – auch über den Lieben Augustin natürlich. Wie kam es, daß sie sich ausgerechnet in denselben Jungen verliebten?
Band 446

Der zwölfjährigen Nele fehlt die Geborgenheit, sie ist auf sich selbst angewiesen. Wolfgang, der Sportfreund des Stiefvaters, wendet sich ihr zu – und Nele gerät dabei in Gefahr, von ihm abhängig zu werden. – Einfühlsam und behutsam beschreibt die Autorin die Erfahrungen eines Mädchens, daß mißbraucht wird, sich aber schließlich zur Wehr setzen kann. Band 437

C 2287/3

Zwei Tage vermissen Hanna und Kerstin ihre Katzen schon. Hat da vielleicht jemand seine Hände im Spiel, der Katzen verkauft an Leute, die Tierversuche machen? Die Kinder sind auf der richtigen Spur – aber sie müssen ihren Verdacht beweisen . . .
Band 344/ab 10 Jahre

Karin ist wunderschön, der heimliche Star der Klasse. Plötzlich verschwindet sie. Ratlosigkeit und große Angst herrschen bei Eltern und Mitschülern. Lebt sie überhaupt noch? Warum ist sie weg? Wo ist sie? Langsam kommt der Verdacht auf, daß sie in der Prostitution den Ausweg aus Kleinbürgermief und Ärmlichkeit sucht. Da kommt endlich der Brief. . . Band 519/ ab 14 Jahre

Als erste hat Julia es entdeckt: unter der zerstörten höllischen Schaufensterdekoration liegt verletzt ihr Klassenkamerad Hardy. Ein Unfall? Julia mag nicht recht daran glauben. Es muß doch Gründe dafür geben, daß Hardy so unbeliebt ist. Was für ein Spiel hat er getrieben?
Band 513/ab 13 Jahre

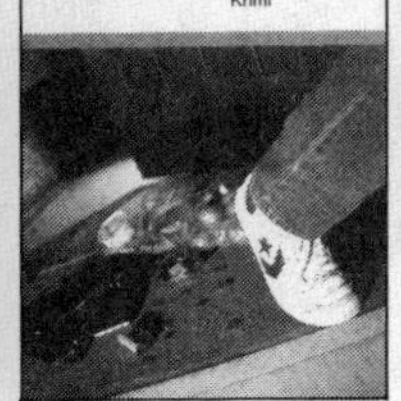

In einem Großstadtviertel werden nacheinander mehrere Raubüberfälle verübt. Rolf versucht, den Täter und seine Beweggründe herauszufinden. Den Hintergrund für diesen Krimi bildet das Automatenglücksspiel mit seiner Anziehungskraft auf Jugendliche. Band 439/ ab 12 Jahre

In diesem Buch gibt es nur eine Leiche, und das ist eine dumme Gans. Aber Müllmänner und Füchse geraten in Verdacht und Bürgermeister und Hasen in Teufels Küche. Einem Türmer fällt die Ladenkasse vom Fahrrad und ein Kommissar Tante Herta auf die Nerven.
Band 409/ab 9 Jahre

Warum heißt Matthias Schmidt, 14 Jahre alt, bei seinen Freunden seit neuestem Hasan Schmidt? Alles fing damit an, daß Matthias sich ein bißchen Taschengeld verdienen wollte. Allerdings stellt er dabei schnell fest, daß sein Job nicht ganz harmlos ist. Plötzlich ist die Polizei hinter ihm her. Ausgerechnet Türken verstecken ihn . . .
Band 360 / ab 13 Jahre

Maddy Butler ist ein patentes Mädchen aus Süd-London. Florian Graf ist ein arrogantes deutsches «rich kid», das in den Ferien wegen schlechter Englischzensuren einen Sprachkurs in London absolvieren muß. Maddy und Florian geraten in einen Kriminalfall, den sie widerwillig gemeinsam und deutsch/englisch aufzuklären versuchen. Dabei mögen sie sich gar nicht und stehen ständig unter Spannung. . . Band 480/ ab 11 Jahre

C 2289/3